銀色のオリンシス

雨宮ひとみ

ILLUSTRATION◎平井久司

DESIGN◎荻窪裕司

僕はシャワールームへと駆け込んだ。
そこにはフンワリとした長い髪の西洋人形のような少女がいた。
(P.37)

思った以上に背が高い。目はホログラフィ型の光学サングラスで
隠されており、はっきりとは見えない。
（P.72）

僕は安心感と恐怖を交互に感じながら、
ゆっくりと――光も闇もない空間へと飲み込まれていった。
（P.130）

そこには膝を抱えるかのように小さく丸まっている女の子がいた。
眠っているのか、瞳は閉じている。
(P.148)

「アル兄様っ!」女の子は鉄屑のベッドから軽やかに舞い降り、
いきなり僕に飛びついてきた!
(P.154)

厳しい口調で“敵”が叫んだ。「ここは『クナ』の領域。
どこの兵だか知らないけど勝手な侵攻は条約違反になるわよ!」
(P.172)

「えっ!?　あ、ちょ、ちょっと!」子供たちは
そのまま僕を取り囲んだ。
(P.199)

「地球《ちきゅう》は人類《じんるい》の揺《ゆ》りかごである。だが何人《なんぴと》も、永遠《えいえん》に揺りかごの中で暮《く》らすことはできないのだ」

コンスタンチン・ツィオルコフスキー（1857〜1935）

生まれて初めて僕は「大宇宙《だいうちゅう》」に旅立《たびだ》とうとしていた。

分厚《ぶあつ》い窓《まど》ガラスに顔を押し当てながら僕は宇宙《そと》を眺《なが》める。そこには無数《むすう》の星《ほし》が散《ち》らばる世界《せかい》があった。

（すごい――）

月面《げつめん》を周遊《しゅうゆう》する人工衛星《じんこうえいせい》が徐々《じょじょ》に遠ざかっていく。

前方に位置《いち》する連携型《れんけいがた》のコロニーは、宇宙空間に浮かぶ巨大《きょだい》なリングのように見えた。それは角度《かくど》が変わるに連れ、繋《つな》がっているように見え始め、やがてメタリックカラーに輝《かがや》く長いトンネルとなっていった。

僕はめくるめくように現《あらわ》れる宇宙の大パノラマから目が離《はな》せず、過《す》ぎ行く光景《こうけい》をうっとりと眺めていた。

（これから毎日こんな景色《けしき》が眺められるのか）

考えただけで胸《むね》が躍《おど》る。

これから木星圏《もくせいけん》に着くまでの二ヶ月間、僕は広大《こうだい》な世界《うちゅう》とこんなにも間近に過ごせるのだ。

いきなり最高潮《さいこうちょう》に上りつめそうなテンションに僕は陥《おちい》る。

だがそんな中、ひとつだけ、心に引っ掛《か》かっているあることが脳裏《のうり》をかすめた。

自分の生まれた場所——地球《ちきゆう》は、外側《そとがわ》から見たらどうなっているのだろう。

かつて「青い星《ほし》」と呼《よ》ばれていた人類《じんるい》の故郷《ふるさと》は——。

僕は通過《つうか》していく景色《けしき》に逆走《ぎやくそう》するかのように、再度《さいど》、月面《げつめん》方向が見える窓《まど》へと移動《いどう》した。

地球を探《さが》すのであれば、まず目印《めじるし》になるものを見つけたほうが手っ取り早かった。僕は目を凝《こ》らし、この船が旅立《たびだ》った月上宇宙港《こう》『ルナ・シーバース』の確認《かくにん》に急ぐ。だが『ルナ・シーバース』は探す必要《ひつよう》もなく、まるで自己主張《じこしゆちよう》でもするかのように星々の合間に浮かび上がっていた。

鏡面《きようめん》のような外壁《がいへき》を持つ巨大《きよだい》な宇宙港。その向こうにはちょうど重なり合った月が在《あ》った。

そして、その横にポツンと一点。

〝真っ黒な物体〟が浮かんでいた。まるで宇宙空間に空《あ》いてしまった虫食《むしく》い穴《あな》のようである。

それは僕が一五年間過ごしてきた場所——地球だった。

西暦《せいれき》二五〇一年。

かつて「青い星」と呼ばれていた地球は、「漆黒《しつこく》の星」に変わってしまっていた。大陸の八割《はちわり》は有害物質《ゆうがいぶつしつ》により汚染《おせん》された海に水没《すいぼつ》し、地球上に住むあらゆる生物は死に絶《た》える一方だった。

「人間」も同じである。

地球に住んでいる人間は既《すで》に一万人をきっており、人類は新《あら》たな生きる場所を太陽系内《たいようけいない》へと向けていた。

(外側からだとあんなに沈《しず》んだ色に見えるのか)

僕は地球の実像《じつぞう》に些《いささ》か肩を落とした。

わかってはいた。だが、その事実を自分の目で見るまではどこか認《みと》めたくない気持ちがあったのだ。

僕は進み行く船と共《とも》に、もう肉眼《にくがん》で確認出来《でき》なくなってしまった地球の辺《あた》りを物悲《ものがな》しい思いで眺めていた。

だが、次の瞬間《しゅんかん》、その心気《しんき》は唸《うな》るエンジン音に掻《か》き消された。

いままで感じたことのない震動《しんどう》が足元《あしもと》から伝《つた》わってくる。

僕は窓に身《み》を寄《よ》せ身体《からだ》を支《ささ》えた。

船が大きく旋回《せんかい》しているようだった。

窓からは尾翼《びよく》に描《えが》かれた人類共通《きょうつう》のシンボルマークが見える。『人類旗』と呼ばれる世界共通のマークだ。旧《きゅう》アメリカ合衆国《がっしゅうこく》の星条旗《せいじょうき》によく似《に》ているらしい。僕はその図柄《ずがら》の大きさから、現在乗船《げんざいじょうせん》している船の大きさを再認識《さいにんしき》した。

現在僕が乗っている船——正確には『宙域航海船《ちゅういきこうかいせん》』と呼ばれるスペースシップは、惑星間《わくせいかん》を移動《いどう》できる特殊仕様《とくしゆしよう》の船だった。人類《じんるい》が宇宙《うちゆう》で暮《く》らし始めて数十年経《た》った現在《げんざい》では、宙域《ちゆういき》航海船《こうかいせん》はそれほど珍《めずら》しい交通手段《こうつうしゆだん》ではない。だが、いま僕が乗《の》っている船は、通常《つうじよう》よく見かける中型のものとは全《すべ》てが違《ちが》っていた。

『キング・オブ・ミーメニア号』。

〝人類が持つ宇宙開発技術《かいはつぎじゆつ》の全てを結集《けつしゆう》させた最高傑作《けつさく》〟と世間《せけん》から呼ばれている最新鋭《さいしんえい》の宙域航海船である。乗客数《じようきやくすう》は〝最大一八〇〇人〟とガイドブックに記《しる》されていた。

その巨大《きよだい》な塊《かたまり》の末端《まつたん》に、僕──相沢航一《あいざわこういち》は『木星《もくせい》開発環境事業団《かんきようじぎようだん》』の研修生《けんしゆうせい》として乗り込んでいた。

θ

あれから何分が経過《けいか》したのだろうか。

僕の意識《いしき》はまだ宇宙空間にトリップしたままだった。

バッグから手探《てさぐ》りでスケッチ用のノートPCを取り出す。現在地を調べたかった。

画面《がめん》に表示《ひようじ》される太陽系《たいようけい》の図。僕はペン先を液晶《えきしよう》画面に押し当てキング・オブ・ミーメニア号の軌道航路《きどうこうろ》を指定《してい》する。

すぐさま碇《いかり》マークのアイコンが点灯《てんとう》を始めた。位置《いち》をつかめたらしい。

『ミーメニア号・月面《げつめん》より直線にして五二三三万キロメートルを木星圏《けん》ゴッサマーリング宙域に向けて航行《こうこう》中・現在地は推定《すいてい》――L17ポイント』

「もうL17まで進んでるのか！」

思わず感嘆《かんたん》の声をあげてしまった。最後の一行《いちぎょう》は思いもよらぬ朗報《ろうほう》だった。L17ポイント。

そこは『レグルス宇宙大望遠鏡《だいぼうえんきょう》』と呼ばれる衛星型望遠鏡が計測《けいそく》を続けている場所だった。もう一五年もの間、太陽系内《けいない》を巡航《じゅんこう》している老舗《しにせ》の望遠鏡で、つい最近〝『ビッグバン』と想定《そうてい》される爆発《ばくはつ》の一部を鮮明《せんめい》に捉《とら》えた〟ということで再《ふたた》び脚光《きゃっこう》を浴《あ》びた代物《しろもの》だった。

また気持ちが浮かれ始めた。

(目の前を通るんなら、ちゃんとこの目で見ておくべきだよな。写真《しゃしん》も撮《と》りたいし)

ただし、この位置からでは見えづらい角度《かくど》のようである。僕はキョロキョロと周囲《しゅうい》を見渡《みわた》し、理想《りそう》の位置を探す。するとラッキーなことに子供が一人入れるくらいの小窓《こまど》があるではないか。

僕は警備員《けいびいん》がいないかどうかを確認《かくにん》して、そこに飛び乗った。小窓の周《まわ》りに赤枠《あかわく》のペイントが施《ほどこ》されており、緊急時《きんきゅうじ》に使用するものであることが窺《うかが》い知れるが。とりあえずそれは見なかったことにして僕は小窓に体を密着《みっちゃく》させた。

どんどん望遠鏡の羽《はね》が見えてくる。そこだけでも五〇階建《だ》てのビルくらいの幅《はば》がありそうだ。

僕はノートPCのカメラ機能《きのう》を起動《きどう》させる。すると不意《ふい》に小型《こがた》の航宙作業船《こうちゅうさぎょうせん》と、そこから延《の》びるホース状《じょう》の命綱《いのちづな》が見えてきた。さらに先端《せんたん》には〝人間〟のような形をしたものも見えるではないか。

「あれは？　人!?　………………いや、違《ちが》う」

僕はもういちど身《み》を乗り出し先端部分を確認《かくにん》する。すると、人だと思っていた命綱の先には、宇宙《うちゅう》作業用に開発された『ＣＳ《コスモスペース》』と呼ばれる人型《ひとがた》ロボットが取り付けられていることがわかった。

ざっと数えても一〇体以上はいる。圧巻《あっかん》の光景《こうけい》である。

ＣＳ《コスモスペース》はＳＦ映画《えいが》に登場《とうじょう》するようなヒューマノイド型ロボットとはまるで違う印象《いんしょう》で〝ずんぐり〟といった形容《けいよう》がぴったりの作業用マシンだった。二体のＣＳ《コスモスペース》が作業船の壁面《へきめん》をゆっくりと降りていく。その様子《ようす》は上方から糸にぶら下がった蜘蛛《くも》が、地面に向かっていく姿《すがた》に似ていた。

おもしろい構図《こうず》である。

僕は遠のいていくレグルス宇宙大望遠鏡《だいぼうえんきょう》とＣＳ《コスモスペース》を名残惜《なごりお》しい気持ちで見送りながら――いま見た光景を脳内《のうない》で再生《さいせい》させていた。

（忘れないうちに早く描《か》いておかないと）

ざっくりとしたスケッチが液晶画面《えきしょうがめん》に表示《ひょうじ》されていく。

僕は周囲《しゅうい》の雑音《ざつおん》など何も聞こえないくらいの勢《いきお》いでＣＳ《コスモスペース》の勇姿《ゆうし》を描いていた。

「航一《こういち》……」

「航一ってばっ！」

僕はいきなり、何者かに首根《くびね》っこを摑《つか》まれた。ペンの揺《ゆ》れと同じようにスケッチ途中《とちゅう》の画像《がぞう》が乱《みだ》れる。

「うえっ」

やばい、警備員《けいびいん》か。僕は慌《あわ》てて振り向いた。

「もお、こんなところで何やってるのよ」

そこにはムスッとした顔で僕を睨《にら》む『春日《かすが》みずほ』が立っていた。

途端《とたん》に気が抜ける。

「なんだ、みずほか。脅《おど》かすなよ。警備員かと思っちゃったじゃんか。あ、それよりホラ！」

僕はそのまままみずほの腕《うで》を引っ張った。

「みずほも見てみろよ。いまならまだレグルス大望遠鏡が見えるぞ」

そのとき、ペチッと顔面に軽い衝撃《しょうげき》が走った。

「いっ」

みずほの両手が僕の頰《ほお》を挟《はさ》んでいた。

「あのね、そうやって機械《きかい》に夢中《むちゅう》になるのはいいけど。もう小さな子供じゃないんだから、そうやって団体行動《だんたいこうどう》を乱《みだ》さない！　早くしないとみんな次の場所に移動《いどう》しちゃうでしょ」

「あ、あぁ……」

「それにそこって、入っちゃいけない場所でしょ」

「まぁ……。うん、そうだけど」

みずほはやりきれないような表情で溜《た》め息《いき》をついた後、僕の腕《うで》を思いきり引っ張った。「ほら、行くわよ」

瞼《まぶた》の上がピクピクしている。それはみずほが怒《おこ》っているときのサインだった。

θ

みずほに引きずられるかのように、僕は美術品《びじゅつひん》の並《なら》んだ通路《つうろ》を進んでいた。

「おい、みずほっ。シャツが伸《の》びるって」

「せっかく研修生《けんしゅうせい》に選《えら》ばれたっていうのに。のっけから迷子《まいご》放送《ほうそう》とか流されて、恥《はじ》かきたいワケ？」

「や、それはイヤだけど。あ、でもさ、そうそう拝《おが》めるもんじゃないだろ？　至近距離《しきんきょり》での

『大望遠鏡《だいぼうえんきょう》』なんてさ」

勢《いきお》い良く振り返ったみずほの大きな目が、ギロリと僕を睨《にら》んでいる。

「航一《こういち》！」

「わかったよ、もう言わないから」

「――よろしい」

今回の『木星開発環境事業団《もくせいかいはつかんきょうじぎょうだん》』の旅《たび》で僕と春日《かすが》みずほは三年ぶりの再会《さいかい》を果《は》たした。

みずほはかつて地球《ちきゅう》に住んでいた同級生《どうきゅうせい》であり、家が近所だったため小さい頃《ころ》から慣《な》れ親《した》しんだ仲《なか》だった。いわゆる幼《おさな》なじみという関係《かんけい》だと思う。

だが三年ぶりに宙域《こ》航海《こ》船で会ったみずほは、以前の印象《いんしょう》とはだいぶ違《ちが》う女の子に変わっていた。

颯爽《さっそう》と進むみずほの後ろ姿《すがた》を見ながら僕は思う。

（前はもっと小っこくて、ガリガリの……ただの子供《ガキ》だったのに。なんかモデルみたいな感じになったな）

そう。みずほはこの三年間で心身《しんしん》ともに僕よりも相当《そうとう》な進化《しんか》を遂《と》げていたらしい。

こうやって客観的《きゃっかんてき》に見ると、他の研修生たちが「綺麗《きれい》だ美人だ云々《うんぬん》」とみずほの噂《うわさ》をしていたのも頷《うなず》ける。だが僕にとっては〝凶暴《きょうぼう》で口うるさい幼なじみ〟以外の何者《なにもの》でもなかった。

そのときどこかから突《つ》き刺《さ》さるような視線《しせん》を感じた。

「ちょっとそこの二人。どうして子供がE階層《こそう》にいるんです？」

前方には派手《はで》な装飾品《そうしょくひん》を付けた年配《ねんぱい》の女性が佇《たたず》んでいた。のっけからギラギラとした高圧《こうあつ》的《てき》なオーラを放っている。その迫力《はくりょく》に僕は後ずさりしそうになる。

「あの。え、えっと」

口《くち》ごもってしまった。

「E階層《こそう》は一般客《いっぱんきゃく》は立ち入り禁止《きんし》のはずだけど？　許可《きょか》を得《え》ているわけじゃないわよね？　どういうことなの？」

みずほは僕の一歩《いっぽ》前に出て深く頭を下げた。

「勝手《かって》に入り込んでしまい申《もう》し訳《わけ》ございません。私たち木星開発環境事業団《ほくせいかいはつかんきょうじぎょうだん》の研修生《けんしゅうせい》なんですが、いま『スペースリウム』に向かっている最中《さいちゅう》でして。慣《な》れない船内に迷《まよ》ってしまったんです」

僕とは違い、みずほは毅然《きぜん》としている。

（さすがに研修生の代表に選《えら》ばれただけのことはあるな）

状況《じょうきょう》とは別に、頭のどこかで感心《かんしん》する僕がいた。

「木星開発？　ああ、国際政府《こくさいせいふ》がやってるとかいうアレね……」

女性はフンッと鼻息《はないき》を鳴《な》らし、僕に視線《しせん》を投げかけた。

「全《まった》くいい迷惑《めいわく》だわ。宇宙観光用《うちゅうかんこうよう》の客船《きゃくせん》に何十人も子供を乗《の》せて。私たち客はバカンスを楽しむために、この船に乗ってるんですからね」

女性はねちっこく僕たちへの不満を捲《まく》し立て始めた。この状況は黙《だま》って聞く以外の対応《たいおう》は許《ゆる》されそうになく、僕たちは女性の言いがかりにも似《に》た主張《しゅちょう》が終わるのを待っていた。みずほもいい加減《かげん》〝げんなり〟した表情になっている。

「それにE階層《ここ》は定《さだ》められた者以外、立ち入るには許可が必要《ひつよう》だってことくらい説明《せつめい》を受けているでしょう？」

「ええ。はい」

「このことは火星圏《かせいけん》の『ブルネージュ』本部に通告《つうこく》させてもらいますからね」

「――ブルネージュ？」

僕は聞きなれない単語《たんご》を復唱《ふくしょう》してしまった。

『ばか』

そう言わんばかりに、みずほがヒジで僕の腕をつついた。みるみるうちに女性の頬《ほお》が上気《じょうき》していく。

「呆《あき》れたわ。ブルネージュの名を知らない人間がこの船に乗船してるなんて。いままでどういう教育を受けてきたんです？」

怒《いか》りを露《あら》わにした女性が僕に接近《せっきん》してきた。恐《おそ》ろしい形相《ぎょうそう》だ。小鼻《こばな》がひくひくと震《ふる》えている。

「あなた、どこの惑星《ほし》の出身《しゅっしん》？」

「あ、あの。僕は地——」

そのとき、みずほが場を抑《おさ》えようと僕と女性の間に割《わ》って入った。

「ち、違《ちが》うんです！　航一《こういち》は……子供の頃《ころ》から〝ド忘れ〟とか〝おっちょこちょい〟が多いほうで。今もちょっと慣《な》れない場所にいるもんだから、慌《あわ》ててしまって、ついブルネージュを忘れてしまったんです。ね、航一!?」

「ん、あ……」

女性は不穏《ふおん》な目つきで僕の表情を窺《うかが》っていた。

なんだ、この扱《あつか》いは。〝地球出身《ちきゅうしゅっしん》〟だと話すことはそんなに不味《まず》いものなのか。僕は本当のことを告《つ》げたくなり、女性の前に身《み》を乗り出した。だが同時に困惑《こんわく》した表情でこちらを見ているみずほが目に止まり、僕は言葉《ことば》を呑《の》み込んだ。

「ふん。とにかく一刻《いっこく》も早くE階層《かいそう》から出て行きなさい。特にこの辺《あた》りは神聖《しんせい》な場所。あなたたちのような子供が来る場所じゃないんですからね」

女性は見下《みくだ》した目つきで僕を一瞥《いちべつ》すると、美術品《びじゅっひん》の並《なら》ぶ通路の奥《おく》へと歩いていった。

「何だよ、あの人。態度《たいど》悪いなあ」

「航一、聞こえるわよ」

みずほは再《ふたた》び僕の腕《うで》を引っ張り、元《もと》の通路へと引き返そうとした。僕はそんなみずほの手首《てくび》を引っ張り返す。

「ちょっと待《ま》って、みずほ！」

「な、何？」

「あのさ。外部の居住区《きょじゅうく》や火星圏《かせいけん》のほうから見た地球ってどんな印象《いんしょう》なんだ？　さっきみたいに〝地球出身〟ってことを隠《かく》さなきゃいけない程《ほど》、地球は変な印象を持たれているのか？」

「ん……と、それは」

みずほは視線《しせん》を逸《そ》らすかのようにうつむいた。その行動からも地球は相当《そうとう》なマイナスイメージを持たれていることが窺い知れる。

「みずほ、お前は知ってるだろうけど、僕は母さんや仲間《なかま》とずっと地球で暮《く》らしている。あそこはもうお前がいたときよりも磁場《じば》が狂《くる》い始めていて、D機関《きかん》が管理《かんり》している必要《ひつよう》な情報《じょうほう》以外、普通《ふつう》の通信《つうしん》が出来なくなってるんだ」

「そんなのわかってるわよ。途中《とちゅう》からメールも届《とど》かなくなっちゃったじゃない」

「うん、だからさ――」

「ちょっと航一。その前に手、離して……」

僕はみずほの手首を摑《つか》んだままだった。

「あっ」

痛《いた》かったのだろうか。みずほは手首を押さえながら僕に背《せ》を向けた。そんなに強く握《にぎ》ったつもりはなかったのだが。

「ごめん。あ、えっと、だからさ。月面都市《げつめんとし》以上の遠い場所になると、僕たちのほうまで情報《じょうほう》が回ってこないんだ。さっきのブル……何とかのことも全然《ぜんぜん》知らないし」

「ブルネージュよ。太陽系開発《たいようけいかいはつ》にいま最《もっと》も力を注《そそ》いでいる新生《しんせい》国家のこと」

「国家？　国なのか？」

僕は目を丸《まる》くする。

「そっか。こんな大きなニュースなのに、地球《ちきゅう》には届《とど》いてないのね」

「うん。少なくとも僕たちのとこまでは」

僕たちは歩きながら話しだした。

「ブルネージュは数日前、国に認定《にんてい》されたばかりの新生国家よ。五、六年程《ほど》前から宙域開発《ちゅういきかいはつ》に携《たずさ》わる小規模《しょうきぼ》な同業組合同士《レイバーユニオンどうし》が、技術《ぎじゅつ》と人材《じんざい》の提携《ていけい》のため火星圏《かせいけん》内にある居住区《きょじゅうく》コロニーに集結《しゅうけつ》してて。そこに火星圏最大の『ブルネージュ財団《ざいだん》』が資本《しほん》で加《くわ》わってね。現在の君主《くんしゅ》でもあり技術者の『デルタ・S・オーベルト』指導《しどう》の下《もと》、ブルネージュは火星近郊《きんこう》から月面諸国《しょこく》に至《いた》るまで、徐々《じょじょ》に支配圏《しはいけん》を拡大《かくだい》していったの。今や太陽系開発の最高技術と人類《じんるい》の支持《しじ》はブルネージュに集結しつつあるわ」

「随分《ずいぶん》と詳《くわ》しいな」

「だって、ここに来る前ブルネージュを主題《しゅだい》とした論文《ろんぶん》を書いたもの」

「ああ。それが研修生代表《けんしゅうせいだいひょう》になる論文か」

「……たまたまよ。私、そういった文章なんて書いたことなかったし」

「みずほは昔《むかし》から頭いいからなあ」

「そんなことないわよ」

みずほはアーチ型になっている天井《てんじょう》を見上げた。

「この船は月面都市で造《つく》られたものだけど、ブルネージュの協力《きょうりょく》無しでは実現《じつげん》しなかったらしいの。すごいわよね、これ程《ほど》までのスケールなのに木星圏《もくせいけん》まで行ける技術を積《つ》んでるんだから」

その声はどこか憂《うれ》いを含《ふく》んでいた。どうやらみずほはこの船を気に入ってるらしい。実のところ僕はそうでもなかった。技術云々《うんぬん》に関《かん》しては申《もう》し分《ぶん》ないが、やたらと派手《はで》な内装《ないそう》がどうにも落ちつかない。こういったものに縁遠《えんどお》かった僕は、凝《こ》ったデコレーションに馴染《なじ》めないのだ。

「ふーん……」

「何よ、その〝ふーん〟って」

「や……いまはどこに行っても必要《ひつよう》とされるのは〝太陽系開発の技術〟なんだなって」

「そりゃ……そうよ。そのために私たちだってこうやって木星圏まで行こうとしてるんじゃない」

「そうだけど。なんかさ——人類は地球に還《かえ》る気は全《まった》くないんだな」

みずほは黙《だま》ってしまった。

「あ、みずほのことを責《せ》めてるわけじゃなくて。お前のお父さんは元々《もともと》、月面《げつめん》の出身《しゅっしん》だったんだし。春日家《かすがけ》はそこに戻っただけなんだから」

みずほがボソリと呟《つぶや》いた。

「私だって本当はずっと――」

語尾《ごび》がよく聞き取れなかった。

「ずっと？　何？」

みずほは僕を振りきり先へと進み始めた。そして一言《ひとこと》――「何でもないわよ」とだけ言葉《ことば》を発した。

θ

そこは五〇〇メートルにも及《およ》ぶ船内最大のアーケード街《がい》だった。『Central Promenade《セントラルプロムナード》』と描《えが》かれたネオン管《かん》の看板《かんばん》があちこちに掲《かか》げられ〝色を変え演出《えんしゅつ》を変え〟で自己主張《じこしゅちょう》をしていた。その真横《まよこ》には巨大《きょだい》なホログラフィ映像《えいぞう》の『人類旗《じんるいき》』がユラユラとはためいている。人通りの多い賑《にぎ》やかな場所だ。

レストランや映画館《えいがかん》といったプレースポットが立ち並《なら》んでおり、思わず足を止めたくなるが、いまはそれに捕《つか》まっている場合ではなかった。他の研修生《けんしゆうせい》たちはもう別の見学場所に向かってしまっているかもしれない。

僕とみずほは脇目《わきめ》も振らずに『Spacerium』と描かれた表示《ひょうじ》に直進《ちょくしん》していた。

『Spacerium《スペースリウム》＝宇宙観賞《うちゅうかんしょう》ルーム』。

そこは西洋建築《せいようけんちく》を思わせる豪華《ごうか》な造《つく》りのホールだった。天上《てんじょう》はガラス張りのドームになっており、おそらく誰《だれ》が見ても〝最高のプラネタリウム〟と感じる場所に思える。その名の通りまさしく星《ほし》を眺《なが》めるための施設《しせつ》である。

僕とみずほは他の乗客《じょうきゃく》の合間《あいま》をくぐり抜け、研修生の列《れつ》を探《さが》していた。

「やっぱりここも、人、人、人って感じね」

「まだ月から飛び立って二時間ちょっとだし、とりあえずみんなメインのところに集まるんじゃない？」

「ココってこの船のウリの一つだもんね。……ん？　あっ！　ねえっ、航一《こういち》！」またもや、シャツを引っ張られた。だが今度は胸《むね》ぐらを摑《つか》むかのように前からの攻撃《こうげき》である。

「おい、だから！　伸《の》び……」

「ほら、見て航一！　あそこ、あの人だかり！」

そこには約《やく》五〇名の研修生《けんしゅうせい》と『木星開発環境事業団《もくせいかいはつかんきょうじぎょうだん》・特別《とくべつ》研修生御一行様《ごいっこうさま》』と書かれたフラッグを持つ女性の姿《すがた》が見えた。脇《わき》には、しかめっ面《つら》でPCに何かを入力している引率《いんそつ》の先生の姿もある。

「やば……」

みずほの顔が急にひきつった。

「何が?」

「先生ってば、ああやって研修生のチェックをしてるのよ。たぶん……見学中の態度《たいど》とか」

「えっ!? じゃあ早く戻らないとマズいんじゃ……」

「その通り。全《まった》く誰《だれ》のせいでこんな……」

「だから～、悪かったって何度も」

「しっ! 静《しず》かに。航一《こういち》、先生に気付かれないよう、列《れつ》にもぐり込むわよ」

僕たちは先生の位置からは見えにくい最後尾《さいこうび》へと回り込み、そのまま列の中へと入ってしまおうと考えた。だが。

僕は目指すべき最後尾を見て足が止まった。そこにいるのは全員《ぜんいん》〝女子〟である。

「…………」

「この際《さいし》仕方《かた》ないでしょ」

押し切るように、みずほは僕の腕《うで》を引っ張ろうとした。そのとき、真横《まよこ》のベンチからやたらと甲高《かんだか》い声が響《ひび》いた。

「なになに」

そこには真《ま》っピンクの髪《かみ》をした女の子が足を組み、どっかりと座《すわ》っていた。

「セーラ⁉」

みずほの知り合いのようである。女の子は僕を見るなりニヤッとした笑《え》みを浮かべた。

「もしかして、いきなり船内デートを楽しんでたってワケ？」

「そ、そんなんじゃないわよ」

みずほは慌《あわ》てて否定《ひてい》をする。

「ホントに？ あーやしいなー。このちょっとボーっとした感じの男の子がミズコちゃんの彼《かれ》氏《し》なんだ？」

（彼氏っ？）

思ってもいない発言《はつげん》に僕は衝撃《しょうげき》を覚《おぼ》えた。

「あ、あは……えっと、まず。ミズコじゃなくて『みずほ』ね。それに航一はぜんぜん彼氏とかじゃないし」

「ふう〰〰ん⁉」

女の子は立ち上がり、ズイッと僕に顔を寄《よ》せてきた。「わっ」と僕は後ろのめりに倒《たお》れそうになる。

おそらく僕よりも二〇センチは小さいと思われる背丈《せたけ》だが——何故《なぜ》か、見下ろされているような威圧感《いあっかん》を感じる。そしてボディチェックでもするかのように、女の子は僕の全身《ぜんしん》をじろじろと観察《かんさつ》し始めた。

ショートケーキのような甘《あま》ったるい香《かお》りが鼻をかすめた。彼女の髪《かみ》が僕の鼻に触《ふ》れたのだ。

「あ、あのさ。ねぇ、ちょっと」

あまりの急接近《きゅうせっきん》に僕は女の子を退《しりぞ》けようとした——そのとき。

「あたしのシュミじゃないわね」

「…………」

切り捨《す》てるかように彼女は僕に言い放った。

まさか会ってから一分足《た》らずの相手《あいて》にそんなことを言われるとは。僕は僅《わず》かながらもショックを受ける。

「ま、一応自己紹介《いちおうじこしょうかい》しておくけど。あたしは『セーラ・ケルビン』、一三歳《さい》。火星宙域《かせいちゅういき》のコロニーから来たの。よろしくね」

「よろしく……。僕は相沢航一《あいざわこういち》。一五歳」

「えっ、一五？　ってことはあたしより上なの？　へぇ……そうは見えないわね。年下かと思った」

「あの、セーラ……。言ってなかったけど私も一五よ」

「えっ！　みずほも？　なんだ。てっきり同い年か、下だと思ってた。旧日本人《きゅうにほんじん》は童顔《どうがん》が多いってのは、やっぱり本当なのね～」

そう言いながら、みずほの背《せ》に回《まわ》るセーラは〝ちょこまか〟としており、まるで小動物か何かのようだった。

「あのぉ、皆《みな》さん……」

セーラの後ろで身《み》ぶり手ぶりをしている女の子がいるのに僕は気が付いた。

「皆さん……ちょっと」

振り絞《しぼ》ったような声で彼女は続ける。

「あ？　何よ、チェルシー？」

「そろそろ、あっちに戻りません……？」

「チェルシーというのか」と僕は思いながら、彼女の指差す方向を見た。

研修生《けんしゅうせい》たちの列《れつ》が次の場所へ移動《いどう》しようとしていた。そこにはちょうど僕のルームメイト兼《けん》同じグループとなる二人の姿《すがた》も見えた。

「あっ！」

「チャンスよ、航一。今のうちに紛《まぎ》れこんじゃいなさいよ」

みずほも同じことを思ったようだ。

「そうする。じゃあ」

僕は足早《あしばや》に駆《か》け出した。そのとき後ろからジャケットの裾《すそ》をぐいっと掴《つか》まれた。

「っ!?」

掴んでいるのは、満面《まんめん》の笑《え》みを向けているセーラだ。

「航一《こういち》、ルームメイトにイイ男がいたら紹介《しょうかい》してね」

「……………う、うん!?」

よくわからないが、気迫《きはく》に圧倒《あっとう》され思わず頷《うなず》いてしまった。

「航一、毎回こう上手《うま》くいくとは限《かぎ》らないんだからね。次は探《さが》しにいかないから!」

僕は文句《もんく》を言うみずほに手を振り、研修生《けんしゅうせい》の列《れつ》へと進んでいった。

その後、僕はなんとか男子の列へと戻ることができた。

「どこ行っちゃったかと思った。心配《しんぱい》してたんだよ、相沢君《あいざわくん》」

「ごめん。入り口付近にあった天窓《てんまど》で、ずっと宇宙見《そと》てたら止まらなくなっちゃって」

「初めての宇宙じゃそうなるよね」

その屈託《くったく》のない笑顔《えがお》に僕は一瞬《いっしゅん》ドキリとしてしまった。

『ツバル・ローラン』。華奢《きゃしゃ》な体つきをしているため、男なのに〝儚《はかな》げ〟といった言葉《ことば》が似合《にあ》ってしまうルームメイトだった。

そんな中、もう一人のルームメイト『レン・F・ハート』は下を向き、ただ黙《だま》っていた。黒い服《ふく》に眼鏡《めがね》をかけた寡黙《かもく》な雰囲気《ふんいき》の人である。

僕はまともに話をしたことはなく、どう声をかけるべきかと戸惑《とまど》っていた。だがとりあえず、グループとしての行動を乱《みだ》してしまったことを詫《わ》びるべきだろう。

「あ、あの。レン」

「……」

レンがこちらに目を向けた。

「ごめん。ホント、しょっぱなから一人ではぐれちゃって」

レンの眼鏡がライトに反射《はんしゃ》しキラリと光った。

「…………別に」

その言葉だけで、レンは次の見学場所のほうへと進んでいってしまった。

何だか妙《みょう》な間《ま》があったように感じ、僕はそのままレンの背中《せなか》を見送る。するとポン、とツバルが僕の背中を叩《たた》いた。

「相沢君。レンのことは気にしないほうがいいよ。元々《もともと》あんな感じの人みたいだから」

「……うん」

何だろう。微《かす》かにだが、レンは僕のことを遠ざけているように思えた。

僕たちはその後、拷問《ごうもん》にも近い長時間の講義《こうぎ》を受け、ようやく部屋《へや》に戻ることを許《ゆる》された。

部屋に戻り、僕は備《そな》え付けのカプセル型のベッドに横たわる。正直《しょうじき》、あまり良い寝心地《ねごこち》とはいえない。

θ

（今日からこの部屋で過《す》ごすのか……）

B階層《かいそう》・二〇一号室。

僕たちの部屋は三等客室《さんとうきゃくしつ》にあたる客室で、良い言い方をするならば無駄《むだ》を省《はぶ》いたシンプルな造《つく》りになっていた。先程《さきほど》通ったE階層の雰囲気《ふんいき》とはまるで違《ちが》う。

天井《てんじょう》の照明《しょうめい》が眩《まぶ》しく、僕はうつ伏《ぶ》せになった。

おろし立ての枕《まくら》が気持ちいい。このまま眠《ねむ》ってしまいたい気分に襲《おそ》われる——が、まだやるべきことがあった。

僕は〝見たくはない横〟を見た。

「ふう……」

その光景《こうけい》に思わず溜《た》め息《いき》が漏《も》れる。

そこには僕のタオルやら、ズボン、参考書《さんこうしょ》、デザイン用のマーカーなどが無造作《むぞうさ》に転《ころ》がっていた。整理整頓《せいりせいとん》をしようとして荷物《にもつ》を解《ほど》いたのはいいが、なんだか途中《とちゅう》でめんどくさくなってしまい、片付《かたづ》けることを放棄《ほうき》していた。

(二ヶ月分の荷物だもんな。さすがに多いよな)

僕はゴロンと体を反対側《がわ》に向けた。

そこには、旅《たび》の途中で読もうと思っていた数冊《すうさつ》の文庫本《ぶんこぼん》が積《つ》まれていた。僕は何の気もなしに、片手《かたて》でそれをパラパラとめくってみる。

僕は再度《さいど》げんなりした気分になった。

「これ……前に読んだやつじゃん。間違《まちが》って持ってきちゃったんだ……」

自分のバカさ加減《かげん》に落胆《らくたん》しつつ、残りの文庫本は大丈夫《だいじょうぶ》か、タイトルを確認《かくにん》しようとしたとき――僕は〝一枚の写真《しゃしん》〟を発見した。

その写真には、母・相沢《あいざわ》ユウリと、まだ四、五歳《さい》と思われる僕。同じく、まだあどけない表情で笑うみずほがいた。そして背景《はいけい》には〝水平線《すいへいせん》〟と思われる白いラインが、ぼんやりと写《うつ》っていた。

(この頃《ころ》の地球《ちきゅう》は、もう少し青かったんだよな)

僕はボーッとした頭で、枕元《まくらもと》に設置《せっち》されているデジタル式の時計に目をやった。

（……夕食まで、あと二時間か）

本格的に睡魔《すいま》が襲《おそ》ってきた僕は、六時三〇分にアラームを合わせ、しばしの眠《ねむ》りにつこうとしていた。

──そのとき。

ガタッ。

シャワールームのほうから何かが落ちるような物音が聞こえた。

「………？」

ガタッガタッと、不穏《ふおん》な音は続く。

「レン？　宙域視聴覚室《スペースライブラリー》に行ってるんじゃなかったっけ？」

何の返事もなく、ガタガタといったヘンな音は鳴りやまない。

「……ツバル？」

やはり答えはない。

「……何だ」

ガタッ。………ガタッ。ガタッ。

僕は「せめて武器《ぶき》になるものを」と、冷蔵庫《れいぞうこ》からジュースの瓶《びん》を取り出し、シャワールームへと向かった。

（ここは学生の部屋《へや》だぞ……。盗《ぬす》みに入ったって何も……）

ドアノブを握《にぎ》り――。

僕はいっきにシャワールームへと駆《か》け込んだ！

でもそこには――。

フンワリとした長い髪《かみ》の西洋《せいよう》人形のような少女がいた。

僕は驚《おどろ》きで声を失う。

だが少女は僕の存在《そんざい》には気付かず、換気口《かんきこう》のフタを取ろうと、がむしゃらにもがいていた。

（これは一体？）

僕はあまりの光景《こうけい》を前に動けなくなっていた。

顔は見えないが、やわらかそうな髪ごしに見える華奢《きやしゃ》な首筋《くびすじ》、袖口《そでぐち》から覗《のぞ》く細い手首《てくび》、時おり漏《も》れる〝んくっ、んくっ〟といった声。

推測《すいそく》するまでもなく、目の前にいる不審《ふしん》人物はどう見ても女の子である。しかも僕とそれ程《ほど》年齢差《ねんれいさ》がないように思う。

（もしかして女子部屋と間違《まちが》えた？）

僕は固《かた》く握《にぎ》りしめていたジュースの瓶をそっと床《ゆか》に置いた。先程《さきほど》の恐怖心《きょうふしん》はいつの間にか消えている。

（でも、なんで……）

少女はいまだ換気口のフタを引っ張っている。

(あんなことしてるんだ……？)

ゴクリと唾《つば》を飲《の》み、僕は脱衣所《だついじょ》へと足を踏《ふ》み入れた。

「あの……もしもし……？」

と、声をかけてみる。だが、少女は換気口《かんきこう》のフタを取ることに夢中《むちゅう》になっているようで、呼《よ》びかけへの返事はなかった。

今度はもう少し大きめの声で呼びかけてみる。

「研修生《けんしゅうせい》の人……？　そこで何してるの……？」

――やはり返事はなかった。

(聞こえてないのか)

僕はもう一歩前へ足を出した。

〝んくっ〟と、時折《ときお》り漏《も》れる少女の声。

シャワールームという狭《せま》い空間のせいなのか、その声は壁《かべ》に反響《はんきょう》し、必要《ひつよう》以上に大きく聞こえる。またフタを引っ張るたびに〝ピン〟と張る少女の腕《うで》は、少しずつ紅潮《こうちょう》していくように見えた。

シャワールームまで進んだ僕は、少女の肩に触《ふ》れようと歩《あゆ》み寄《よ》る。

そのとき――。

「きゃあっ！」

少女は弾《はじ》けたように後方に倒《たお》れそうになった。

カラ――ンッ！

換気口《かんきこう》のフタが吹《ふ》っ飛び、タイル張りの壁《かべ》にぶち当たる。

僕は「あぶない！」という言葉《ことば》より先に、倒れ込む少女に腕《うで》を伸《の》ばした。

「……うぐっ！」

ズシリ、と両腕《りょううで》にかかる重みと、温《あたた》かな体温《たいおん》。

間一髪《かんいっぱつ》のところで、なんとか少女の体を受け止めた。――が、同時にバランスを崩《くず》してしまった僕は、少女を背中《せなか》から抱《だ》き締《し》めるような体勢《かたち》で、そのまま後ろにすっ転《ころ》んでしまった。

「…………っ」

右肩《みぎかた》の辺《あた》りから全身《ぜんしん》に〝じんじん〟と痛《いた》みが伝《つた》わっていく。だが、それ以外の部分はぶつけてないようだ。僕はひとまず安心する。

それより問題《もんだい》はここだ。

僕の上に、少女が寝転《ねころ》んでいる――。

目の前には少女のつむじが見えた。〝こそばゆい〟と感じた首には、少女のやわらかな髪《かみ》がかかっている。

手は――妙《みょう》に〝やわらかいもの〟の上にあった。

「あ、あの」

いままで経験《けいけん》したことがない状況《じょうきょう》に僕はどぎまぎしていた。

僕は少女の頭部《とうぶ》を見ながら「どこも打ってない？」と、とりあえず声をかけてみる。だが少女からの反応《はんのう》はなく、その身体《からだ》はぴくりとも動かなかった。

（…………）

〝こうしてるわけにもいかない〟と、僕は少女ごと起き上がろうと思った。だが――。

少女は体勢《たいせい》を変え〝くるり〟と僕の上から転がり降りた。グニッ、と少女の頭が僕の左腕に載《の》っかる。まるで僕が少女に腕まくらでもしているかのようである。

僕は慌《あわ》てふためき、少女を自分の身体からを離《はな》そうとする。

だが次の瞬間《しゅんかん》、僕は息《いき》を呑《の》んだ。

ゆっくりと頭をあげた少女の顔が、あまりに美《うつく》しかったからだ。

研修生《けんしゅうせい》じゃないことだけは、すぐさまわかった。全員と言葉を交《か》わしたわけではないが、男女ともになんとなく顔は見たはずだ。だが、その中にこの、目の前にいる少女がいたら……。僕は即座《そくざ》に少女の顔を覚《おぼ》えたに違《ちが》いない。

いや、僕に限《かぎ》らずほとんどの人間が同じ反応《はんのう》をすると思う。

少女はそれ程《ほど》までに美しく、端正《たんせい》な顔をしており、精巧《せいこう》に作られたアンティークドールのようだった。

ルビーよりも深い真紅《しんく》の瞳《ひとみ》――映《うつ》りこんだ天井の光《てんじょうライト》が、うつろうように揺《ゆ》らいでおり、それはどこか涙《なみだ》ぐんでいるようにも見える。

僕は催眠術《さいみんじゅつ》でもかかったかのように少女に見入ってしまっていた。

そのとき。

「――――」

少女が、小さく、何かを呟《つぶや》いた。

小さすぎてよく聞き取れなかったが……。

「――あなたに会いたかった」

そんな言葉《ことば》を発したような気がした。

（あなたに会いたかった？　…………僕に？）

僕は曖昧《あいまい》に耳に残っている少女の声を否定《ひてい》した。

（まさか、そんなわけないよな）

やはり少女と会った記憶《きおく》はないし、そんな風《ふう》に言ってもらえる覚《おぼ》えも……やはりない。

気を取り直した僕は「ちょっといい？」と腕《うで》をひき、上半身《からだ》を起こした。

あんな密着《みっちゃく》した状態《じょうたい》で話せるはずがない。

続いて少女も起き上がる。

「？」と、少女は首を傾《かし》げている。

僕はしどろもどろになりながら話を切り出す。

「……えーと、あの、部屋間違《へやまちが》えちゃった？」

「…………」

「ここは『木星開発環境事業団《もくせいかいはつかんきょうじぎょうだん》』の男子部屋のほうで……」

「……………」

「シャワールームの換気口《かんきこう》のフタなんか取って、どうするつもりだったの？」

——無言《むごん》。

少女はただ僕の顔をジイッと見ているだけで、何も言わない。時折《ときお》り、瞬《まばた》きはするものの、それは僕の言葉に相槌《あいづち》を打っているわけではなく、ただの生理的《せいりてき》な動作《どうさ》のようだった。

（どうすりゃいいんだ）

地べたに座《すわ》り込んでいるため、足や尻《しり》が冷たくなってきた。いつまでもこうしているわけにもいかない。おそらく少女も同じように冷《ひ》えているだろう。僕はとにかく立ち上がるべきだと、少女の腕を摑《つか》もうとした。が、少女は——。

「……っ？」

逆《ぎゃく》に僕の腕を摑んだ。

次の瞬間《しゅんかん》、僕は目を疑《うたが》った。

少女がブラウスの第一ボタンを静《しず》かに外《はず》したのだ。

「……!? ちょ、ちょっと?」

次のボタンが外される。

(な、な、な……っ?)

思いも寄《よ》らぬ緊急事態《きんきゅうじたい》に僕は混乱《こんらん》した。

(何を……っ?)

三つ目のボタンに差しかかろうとしている少女の手を止めようとしたが、少しだけ見えた下着らしきものに動揺《どうよう》してしまい、うまく行動に移《うつ》せなかった。

想像《そうぞう》以上に白い……いや、それを通り越《こ》して、蛍光灯《けいこうとう》の色にほど近い、青白い肌《はだ》が見える。

少女は相変《あいか》わらず一言《ひとこと》も喋《しゃべ》らないままだった。

やがて右手を四つ目のボタンにかけた——かと思いきや、少女はゆっくりとその手をブラウスの中に滑《すべ》りこませたのだ。

僕には少女が何をしようとしているのか全《まった》くわからなかった。

もぞもぞと、ブラウスの中でうごめく少女の手。

(何かを探《さが》してるのか……?)

少女の手が懐《ふところ》の中で〝何か〟を摑《つか》んだようだった。

僕は固唾《かたず》を呑《の》んだ。

少女は〝何か〟を引っ張り出した。それは鉛色《なまりいろ》の重厚《じゆうこう》な塊《かたまり》で――。

拳銃《けんじゆう》のグリップのように見えた。

「ひっ」っと僕は反射的《はんしやてき》に後ずさりをする。

（拳銃――？）

よく見ると、引き金と連動《れんどう》して作動《さどう》し、弾《たま》を発射《はつしや》する撃鉄《ハンマー》らしきものまで見える。

ドクンッ、と心臓《しんぞう》が高《たか》鳴った。

殺される理由《りゆう》など思い当たらないが、目の前にある現実《げんじつ》はそうではないようだ。

相手《あいて》は換気口《かんきこう》のフタを取るのがやっとな、自分より小さい非力《ひりき》な女の子だ。うまく立ち回れば、そう苦労《くろう》せずとも銃を取りあげることができたかもしれない。だが、あまりにも唐突《とうとつ》な展《てん》開《かい》のため僕は冷静《れいせい》さを失《うしな》っていた。

カチャリ――とシャワールーム内に不吉《ふきつ》な音が響《ひび》いた。撃鉄《ハンマー》でも下ろしたのか？

（撃《う》たれる――――!?）

僕はぎゅっと目を瞑《つむ》る。

次の瞬間、目を閉じていてもわかる程《ほど》の強い光が瞼《まぶた》の外側《そとがわ》で走った。おそらく引き金がひかれたのだろう。だが同時に、

カシャッ――と。

ごく小さな、日常生活《にちじょう》でよく聞く馴染《なじ》みのある音が聞こえた。

「……？」

（撃《う》たれてない）

僕はそっと目を開いた。

そこには先程《さきほど》の表情とは一変《いっぺん》してニコリ、と笑《え》みを浮かべている少女がいた。右手には、手のひらサイズの電子機器《でんしきき》のようなものが握《にぎ》られている。

手に持っているソレは何なのか？　いま少女は僕に何をしたのだろう？　笑ってる？　状況《じょうきょう》がうまく把握《はあく》できない。

そのとき、少女の艶《つや》やかな唇《くちびる》が開いた。

「………もう一枚」

カシャッ——といった音と同時に、電子機器らしきものから、まばゆい閃光《せんこう》が発せられた。

「うわっ」

カシャッ——カシャッ——。

連続で同様《どうよう》の強い光が、僕の目を襲《おそ》う。

それは至近距離《しきんきょり》からたかれたフラッシュの光だった。少女が持っている電子機器は、拳銃《けんじゅう》のフォルムによく似《に》た、おそらくカメラだと思われる。

僕はたじろいだ。目の奥《おく》に反対色《はんたいしょく》になった光の残像《ざんぞう》が見える。正面《しょうめん》からは、くすくすと少女の微《かす》かな笑い声が聞こえた。

僕は先程《さきほど》からのおかしな状況に、少し腹《はら》が立ってきた。

「あ、あのね……！　さっきから一体何なんだよ？　ここは君《きみ》の部屋《へや》じゃないし。それにいきなりフラッシュたいてるし」

ふとタイルに転《ころ》がっている換気口《かんきこう》のフタが目に入る。

「あっ、それに、あれ！　フタだよ！　なんで取ったりしてたんだよ」

少女はパチリ、と瞬《まばた》きをした。

いきなり僕の口調《くちょう》が強くなったため、驚《おどろ》いたのだろうか。

ピーピピッ……。

「ん？」

どこからか電子音が聞こえる。シャワールームの外からのようだ。

ピーピピッ……ピーピピッ……。

音は次第《しだい》に強くなっていく。

（船内通信《せんないつうしん》の音？　誰《だれ》かが連絡《れんらく》をしてきているのかもしれない）

僕はとりあえずシャワールームを出ようと、少女の腕《うで》を摑《つか》もうとした。

「あの……ちょっと、いったんここを出ない……？　通信が鳴《な》ってるみたいなんだ」

そのとき少女の様子《ようす》が急変《きゅうへん》した。

「や……」

少女の肩《かた》が小さく震《ふる》えていた。

「えっ？」

「だめ……」

「どうしたの？」

震えを抑《おさ》えるかのように少女は自分の身体《からだ》を抱き締《し》めた。

強張《こわば》った表情。長い睫《まつげ》の奥《おく》に見える真紅《しんく》の瞳《ひとみ》が微《かす》かに揺《ゆ》らいでいる。

（音に反応《はんのう》してるのか……？）

廊下《ろうか》の外からは、何やらバタバタと騒《さわ》がしい足音が聞こえてくる。怯《おび》えた目の少女は逃げるかのように、数歩《すうほ》後ろへ下がった。

『この辺《あた》りからのようです』

『手荒《てあら》なやり方はなしよ』

『はい』

『あと、人目《ひとめ》には気をつけて。誰かに彼女を見られたら、大変なことになるわ』

細《こま》かい語句《ごく》までは聞き取れなかったが、慌《あわ》てた様子の男女の会話だった。

少女は困惑《こんわく》した表情で、何かを考えているようだった。

僕は察《さっ》した。

この少女は誰かに追われて、二〇一号室《こ　こ》に逃げ込んだのだと。

「追われているの?」と問《と》いかけようとしたが——少女は首にかけられているネックレスを、あたふたしながら外《はず》していたため、僕は声をかけるタイミングが摑めなかった。

ネックレスの先には赤銅色《しゃくどういろ》の小石がついている。

「ん〜〜〜〜……っ」

と、少女はもがいていた。なかなかチェーンの止《と》め具《ぐ》を外せないらしい。普段《ふだん》から自分で付け外しているものじゃないのだろうか? やけに手際《てぎわ》が悪い。

またあの電子音《でんしおん》が近付いてきていた。

「んぐっ」

なんとかチェーンの止め具を外すことに成功《せいこう》したようだった。

照明《しょうめい》に反射《はんしゃ》し、より一層《いっそう》輝《かがや》くチェーンと赤銅色の石。それは一瞬《いっしゅん》、木星《もくせい》の表面に見える『大赤斑』のような渦巻《うずま》き模様《もよう》にも見えた。

少女はそれをグッ、と握《にぎ》りしめる。そして、いきなり——。

換気口《かんきこう》の中へと投げ入れたのだ。

「ええっ!?」

僕はすぐさま換気口の中を覗《のぞ》き込んだ。

カラン、カラン——と音をたて、闇《やみ》に落ちていくネックレス。

僕は唖然《あぜん》としながら、いくら見ても何も見えない暗闇《くらやみ》を見ていた。換気口から吹《ふ》き出す冷気《れいき》が顔にあたる。

(この子は、さっきから何をしようとしてるんだ?)

僕の不信感《ふしんかん》はつのる一方だった。

「刻印《アドラステア》だけじゃない……」

少女が小さく呟《つぶや》いた。

(アドラステア?)

アドラステア——それは木星の内側《うちがわ》から二番目にある衛星《えいせい》の名前だった。近々、大規模《だいきぼ》な居住《きよじゅう》地区《ちく》が完成《かんせい》するとかで、全世界《ぜんせかい》から注目《ちゅうもく》されている場所だ——。

「ネックレスの名前がアドラステアなのだろうか?」——僕は少女に尋《たず》ねようとした。だが、少女は何かに怯《おび》えている様子《ようす》で、両腕《りょううで》をまさぐるかのようにさすっていた。

「他にもきっと仕掛《しか》けられているわ……」

そう言うと少女はいきなり靴《ローヒール》についているストラップのホックを〝ぷちっ〟と外《はず》した。

すると今度は靴《ローヒール》を、換気口の中へと投げ入れた。鈍《にぶ》い音をたてながら、靴《ローヒール》は暗闇へと落下していった。

少女は自分の持ち物がどこに行くのかなど、全《まった》く気にしていない様子で、今度は膝上《ひざうえ》まである靴下《くつした》を、転《ころ》びそうになりながら脱《ぬ》ごうとしていた。またもう一方の手は――蛇口《じゃぐち》を握っていた。

少女は蛇口をひねろうとしていた。

「な、ちょっと？」

止めようとしたが間に合わず――。

「うあっ!?」

シャワーから思いきりぬるま湯《ゆ》が吹《ふ》き出た。足元《あしもと》から湿《しめ》り気《け》のある空気が沸《わ》き立つ。

少女は頭からシャワーを被《かぶ》っていた。流れ落ちる水滴《すいてき》とともに、ふんわりとした髪《かみ》がどんどん衣服《いふく》や肌《はだ》にまとわりついていく。

「何してんだ、びしょ濡《ぬ》れになるつもりか……！」

あまりの状況《じょうきょう》に僕は少女の細い手首《てくび》を摑《つか》んだ。

だが勢《いきお》い余《あま》って、少女の手からシャワーヘッドが離《はな》れ、床《タイル》に転《ころ》がり僕たちの足元《あしもと》で暴《あば》れ出した。

（しまった！）

僕は慌《あわ》てて、くねくねと言うことを聞かないホースをおさえ――同時に手探《てさぐ》りで蛇口《じゃぐち》を探《さが》し、ふりまかれているぬるい湯《ゆ》を止めようとした。

びしょびしょになったシャツ。袖《そで》が濡《ぬ》れてしまったズボン。

少女は――雨の中でずぶ濡れになってしまった迷《まよ》い猫《ねこ》のようになっている。

もはや溜《た》め息《いき》すら出なかった。

僕は少女を見る。

「あ、あのさ、さっきからワケわかんないよ」

ピピッピピッ。ピピッピピッ。

「靴《くつ》を投げちゃったり、シャワーを被《かぶ》ってみたりしてさ。ホントに、君《きみ》はここで何しようと――わっ」

少女がいきなり僕にしがみついてきた。

「なっ？　今度は何だよ？」

少女はすがるような目で僕を見つめた。

「あの人たちが……来ちゃう……」

少女の前髪《まえがみ》からは雫《しずく》が滴《したた》っていた。その奥《おく》に見える顔は、ひどく狼狽《ろうばい》しているようだった。

「私、見つけられちゃう……」

眉《まゆ》は下がり、声は微《かす》かに上《うわ》ずっている。

「見つけられちゃうって……」

「や……」

この少女は、いま、こんな奇行《きこう》を冒《おか》してまで逃げねばならないほどの危機《きき》に追い込まれているのか？

「ここがわかっちゃう……」

真相《しんそう》は何もわからない。この少女も、はっきりいって怪《あや》しい――。

だが、自分の目前《もくぜん》で涙《なみだ》を溜めている少女を見て、僕はいたたまれないような――このまま放っておくわけにはいかないような――そんな気持ちが湧《わ》き上がってきた。保護欲《ほごよく》というやつかもしれない。

僕は少女にたずねた。

「あの人たちって？」

僕の問《と》いかけに、少女は素早《すばや》く顔をあげた。それを待《ま》っていたかのようだった。

「私を……私を、捕《つか》まえようとしている人たち」

θ

（本当に豪華《ごうか》な客船《きやくせん》ねー）

宙《ちゆう》を歩くホログラフィ映像《えいぞう》のパレードを見上げながら、みずほはボンヤリと立っていた。セントラルプロムナード内にある仕掛《しか》け時計から、花火のような光線《レーザー》が飛び出し、買い物やディナーを楽しむ乗客《じようきやく》から歓声《かんせい》があがっている。

（六時か……）

頬《ほお》に急な冷気《れいき》を感じ「ひゃ」と、みずほは小さく跳《は》ねた。

「何、ボーッとしてんのよ？」

オレンジジュースの容器《パック》を傾《かたむ》けながら、セーラが覗《のぞ》き込んでいた。その横ではチェルシーがスケッチ用のＰＣに資料《しりよう》をまとめているようだった。

「セーラ。もお、びっくりするじゃない」

「だって、さっきから呼《よ》んでるのにヘンな方向ばっかり見ててさぁ」

「あ……」

みずほは「ごめん」と小さく頭を下げた。

「チェルシーはずうっと作業《さぎょう》ばっかしてるしぃ」

チェルシーは無反応《むはんのう》のまま、キーボードを叩《たた》いている。セーラは「チッ」と大袈裟《おおげさ》に舌打《したう》ちをして、みずほのほうを向いた。

「ホログラフィがそんなに珍《めずら》しいの？」

「あ……うん」

「ふぅん？　でも最近の『宙域航海船《ちゅういきこうかいせん》』なら、このくらいの設備《せつび》、大して珍しくないじゃん」

「私、シャトルには乗《の》ったことあるんだけど。『宙域航海船』は初めてで」

セーラは目をぱちくりとさせた。

「そうなの？　だって、月面都市《げつめんとし》辺《あた》りの学校だったら、直行便《ちょっこうびん》で火星遠征《かせいえんせい》とかするでしょ？」

みずほはセーラから視線《しせん》を外《はず》しながら応《こた》えた。

「ん？　私、月《つき》に住み始めたのは三年前からで……。それまでは『地球《ちきゅう》』にいたから」

セーラは眉間《みけん》に皺《しわ》をよせた。

画面《がめん》に没頭《ぼっとう》していたはずのチェルシーも、その単語《たんご》にはピクリと反応《はんのう》したようだった。

「地球……って。ホントに……？」

「うん」

「だって、あの星《ほし》、かなりやばいんでしょ？　海から沸《わ》き上がった有害物質《ゆうがいぶっしつ》がそのまま雲《くも》になって、真《ま》っ黒な毒《どく》の雨が降《ふ》るとか。食糧《しょくりょう》をめぐって同じ部族同士《ぶぞくどうし》の殺しあいが、しょっしゅうあるとか。あ、あと夜の一人歩きすると、大《だい》の男でも身《み》ぐるみ剥《は》がされるって――」

セーラは興味深々《きょうみしんしん》といった様子《ようす》で身《み》を乗り出していた。みずほは〝困《こま》ったな〟といった顔でセーラを見る。

「大袈裟《おおげさ》よ。確《たし》かにいまの地球は大部分が汚染《おせん》されてるけど……。オーストラリアっていう大《たい》陸《りく》の辺《あた》りはまだ緑も、魚のいる海も健在《けんざい》だし。殺しあいも戦争《せんそう》もないわ。みんな、自然の中でのんびり暮《く》らしてる感じで」

セーラは不満《ふまん》げな様子で身《み》を戻した。

自分が生まれた星だけに、みずほは少しだけ悲しい気持ちになった。

不意《ふい》にセーラが聞く。

「んじゃあ、さっきの彼氏《かれし》も同郷《どうきょう》の子？」

「？」

「航一《こういち》よ」

みずほはストローに上がってきていたアイスティーを、んぐっ、と吸《す》い込んだ。思わずむせ返りそうになる。セーラは、ニマニマとしながら再《ふたた》びみずほに歩《あゆ》み寄った。

「あ〜、なんか焦《あせ》ってる感じ♪」

「だ、だから、さっきも言ったけど。航一はそういうんじゃなくて」

「〝幼《おさな》なじみで〟とか、ありきたりな答えはナシね」

「だって、ホントに。子供の頃《ころ》から知ってるってだけの仲《なか》だし」

チエルシーはPC画面《がめん》を確認《かくにん》しつつ、横目《よこめ》で二人の押《お》し問答《もんどう》を見ていた。

「んじゃあ、私が航一のこと狙《ねら》っちゃってもイイわけ？」

「…………いいわよ、全然《ぜんぜん》」

「んじゃあ、相沢《あいざわ》航一のデータ、調べちゃおうかな」

「えっ？」

セーラは早速《さっそく》チエルシーの瘦《や》せこけた肩にもたれながら、勝手《かって》にキーを押している。

（シュミじゃないって……。あのとき言ってなかったっけ……）

みずほは内心《ないしん》ハラハラしていた。

「あった、これこれ！　あ、こう見ると、航一って結講可愛《けっこうかわい》い顔してるじゃない」

「そうかな……」

「うん、みずほの知らないとこで意外《いがい》とモテてるかもよ」

「そんなの……私には関係《かんけい》ないし」

「ふふ。相沢航一、B階層《かいそう》・二〇一号室《ごうしつ》。誕生日《たんじょうび》は五月二九日、趣味《しゅみ》は……ゲームとデッサン」

予想外《よそうがい》に盛《も》り上がっているセーラに、みずほは少しだけ不安な気持ちになっていた。

パチッと『return』キーが叩《たた》かれる。次のデータが表示《ひょうじ》されると同時にチェルシーの動きが止まった。

「…………え」

「どうしたの？　セーラ？　なんかヘンなこと書いてあった？」

「相沢航一《あいざわこういち》のお父さんって……」

――みずほはドキリとした。

「あの……宇宙工学者《うしゆうこうがくしゃ》の相沢一孝博士《かずたかはかせ》なの？」

θ

ぺったりと上半身《からだ》にまとわりつくシャツが気持ち悪い――。そんなことを思いながら、僕は少女にバスタオルと、大きめのパーカーに短パンを手渡《てわた》していた。

「これ、僕のだから、ちょっと大きいかもしれないけど。あ、ちゃんと洗濯《せんたく》はしてあるから」

少女は僕の慌《あわ》てた様子《ようす》に小首《こくび》を傾《かし》げた。

「と、とにかく着替《きが》えて……。風邪《かぜ》ひいたら大変だし……僕はあっちにいるから。あ、脱《ぬ》いだ服《ふく》はこっちに出して」

落ちつかなかった。正直《しょうじき》、目のやり場に困《こま》っているのだ。

こくん、と少女は頷《うなず》いた。

僕は自分のベッドのほうに行き、少女から見えない位置《いち》であることを確認《かくにん》してからシャツを脱いだ。無造作《むぞうさ》に広げられたままの荷物《にもつ》から、Tシャツを引っ張り出す。僕はフェイスタオルで軽く上半身《じょうはんしん》を拭《ふ》き、Tシャツに首を通す。

シャワールームのほうから、布《ぬの》のこすれる音が聞こえた。

（着替えの仕方《しかた》くらいわかるよな）

僕は少し心配になった。いままでの行動からして、常識《じょうしき》の範疇《はんちゅう》からは考えられないことを平気でやってしまう少女だ。それに身《み》なりから想定《そうてい》しても、お付きのメイドさんが何人もいそうなお嬢様《じょうさま》に思える。

バサッ、と半分濡《ぬ》れた状態《じょうたい》のブラウスやスカートが部屋《へや》のほうへ投げ出された。僕はそれらを素早《すばや》く乾燥機《かんそうき》に入れ『即乾《そくかん》』のボタンを押す。

「ん？」

ふと横目に何か光るものを感じ、僕は入り口のほうを見た。電子《でんし》ドアの上には『lock』と、注意《ちゅうい》を促《うなが》す文字が赤々《あかあか》と点灯《てんとう》している。

どうやら鍵《かぎ》をかけ忘れていたらしい。

（ホントに何なんだ。この状況《じょうきょう》は……）

僕はベッドに腰《こし》かけ、少女が着替《きが》え終わるのを待《ま》つことにした。

そのとき、いきなりリリリリ………！　とベルの音が響《ひび》いた。僕はビクッとして立ち上がったが、先程《さきほど》あわせたアラームの音だと気付く。

（六時三〇分か……）

案《あん》の定《じょう》、驚《おどろ》いた様子《ようす》で少女が駆《か》けてきた。

「驚かせてごめん。アラームが鳴《な》っただけだから」

少女は「ふぅ」と息《いき》を吐《は》いた。

どうやら着替えは普通《ふつう》にできていたようで、僕はほっとした……が、予想通《よそうどお》りサイズが大きかったため、短パンの裾《すそ》が膝下《ひざした》まできてしまっていた。

無音《むおん》の乾燥機《かんそうき》がぐるぐると回っている。中では少女のドレスが回転《かいてん》していた。

それに気が付いた少女は、回るドレスを不思議《ふしぎ》そうに見ていた。

「あ、君の服《ふく》、勝手《かって》に乾燥機に入れちゃったんだけど………」

やや間《ま》があった後――少女は「うん」と首を縦《たて》に振った。

僕は〝勝手に乾燥機にかけてしまったのはまずかったかな〟と思いながら「一〇分もすれば乾《かわ》く」ことを告《つ》げる。少女はこくんと頷《うなず》いた。

僕は早速質問《さっそくしつもん》を開始《かいし》する。少女は

　少女が本当に危険《きけん》な連中に狙《ねら》われているなら、少しでも早く、船内《せんない》の警察《けいさつ》に保護《ほご》を求《もと》めたほうが良いと思ったからだ。それに夕食の時間まであと三〇分しかない——という研修生《けんしゅうせい》としての都合《つごう》もあった。

「僕は、相沢航一《あいざわこういち》っていうんだけど……」

「あいざわ……」

「うん」

「あいざわ……」

「そ、そう。相沢……」

　少女は僕の名字《みようじ》を二度も復唱《ふくしょう》すると「ふふ」とはにかむような、恥《は》ずかしいような表情を見せた。それはいままでの、どの表情にも当てはまらない、初めて見る微笑《ほほえ》みだった。

（何だろう、この反応《はんのう》は？）

　僕は軽く疑問《ぎもん》に思ったが、とりあえずそこは追求《ついきゅう》せず言葉《ことば》を続けることにした。

「君の名前は……？」

　やや間があり——少女は小さく唇《くちびる》を開いた。

「アリシア」

「アリシアか。えっと、じゃあ、どうして二《に》〇《こ》一《こ》号室に入ってきたの」

「……」

アリシアはまた黙《だま》ってしまった。でもよく見ると、唇《くちびる》が僅《わず》かに動いており、もうひと押しすれば何かを話してくれそうな気がする。僕はうつむき、言葉《ことば》を探《さが》していた。そのとき不意《ふい》に——。

カシャッ——と再《ふたた》びシャッター音が聞こえた。

「……いっ」

アリシアが、また僕にどこか物騒《ぶっそう》な形状《かたち》のカメラを向けていた。どうやらズボンのポケットに仕舞《しま》っていたらしい。

「横顔《よこがお》……」

ボソリとアリシアが呟《つぶや》く。

「あ、あの……」

「反対側《はんたいがわ》も、撮《と》っていい？」

「だめ」

「ええ……っ」

しょぼんとした顔をしながらも、アリシアはにわかにハシャいでいるようだった。

（誰《だれ》かに狙《ねら》われてる状況《じょうきょう》じゃないのかよ……）

僕は頭を抱《かか》えた。

そんな光景《こうけい》すらもパシャパシャと撮影《さつえい》している。時間は刻一刻《こくいっこく》と過《す》ぎていく——夕食まであと徴《わず》かだ。

細《こま》かいところは端折《はしお》って話を進めようと、と僕は心を決めた。

「アリシア。換気口《かんきこう》にネックレスや靴《くつ》を投げ入れたのはどうして？」

ひととおり撮ったアリシアは気が済《す》んだのか、カメラの電源《でんげん》をオフにした。

艶《つや》やかな唇が小さく開いた。

「………『nチップ《ナノチップ》』」

「え？　『nチップ』って、電子回路《でんしかいろ》の？」

「そう」

『nチップ』。人間のシナプスにも似《に》た活動電位《インパルス》を発することができるとされている人類最少《じんるい》の機械《きかい》だ。最近ではロボット工学《こうがく》の分野《ぶんや》でもよく聞く名前で、数兆《すうちよう》の『nチップ』を電子結合させることで人工《じんこう》の『脳《のう》』を形成し、それを『ＣＳ《コスモスペース》』や無人《むじん》シャトルに積《つ》み、司令塔《しれいとう》として使用するらしい。もともとは軍事用《ぐんじよう》に極秘《ごくひ》に開発されたものだったと、誰かが言っていた気がするが――。

僕はそんなことを考えながら質問《しつもん》を続けた。

「探知用《たんちよう》の『nチップ』が、ネックレスとかに入ってたってこと？」

「………うん」

そう言いながらアリシアは無音《むおん》で回っている乾燥機《かんそうき》に目を向けた。「？」と僕はアリシアの顔を見る。

衣服《いふく》が乾《かわ》く時間を気にしているのだろうか？

「……あ、服ならもう少しで乾くはずだから」

「ううん、そうじゃない……」

「え？」

「……あのブラウスもスカートも。たぶん全部に『nチップ《ナノチップ》』が埋《う》め込まれているはずだから」

――僕は固《かた》まった。同時に乾燥機が止まる音がした。アリシアの真紅《しんく》の瞳《ひとみ》が僕を見つめる。

「水に濡《ぬ》れていれば、大丈夫《だいじょうぶ》だったんだけど……」

「？」

アリシアは「ふふ」といたずらっこのような目で笑った。

「航一《あなた》に会えてよかった」

「えっ？」

「だって航一《あなた》はあの人の……」

プシューッ、と入り口の電子《でんし》ドアが開いた。

振り返ると、そこには長身《ちようしん》の男女が立っていた。二人とも光沢《こうたく》のあるグレーの服《ふく》を着ており、一目《ひとめ》で一般《いっぱん》の乗客《じようきやく》ではないことがわかった。

バッ、と僕は立ち上がり、アリシアを庇《かば》うように前に出た。

「あんたたちがこの子を捕《つか》まえようとしている人たちか!?」

「その言い方には語弊《ごへい》がありますが、間違《まちが》いではありません」

答えたのは男のほうだった。だがその声はあまり抑揚《よくよう》がなく、どこか無機質《むきしつ》なものに聞こえた。

「アリシア様《さま》」

女のほうが口を開いた。その手には赤銅色《しやくどういろ》の石が付いたネックレスが握《にぎ》られていた。先程《さきほど》アリシアが投げ捨《す》てたものである。

「A階層《かいそう》の空調《くうちよう》フィルターにひっかかっていたそうです。この部屋《へや》の換気口《かんきこう》から捨てたのですね?」

「…………はい」

僕の後ろで、アリシアは力ない声を出した。

「戻りましょう。ここにいても、そちらの方に迷惑《めいわく》がかかるだけですよ」

アリシアはスッと僕の横を過《す》ぎ、電子ドアのほうへと向かおうとした。

横では男のほうがアリシアのドレスを回収《かいしゆう》している。

「……！」

僕は咄嗟《とっさ》にアリシアの腕《うで》を摑《つか》んだ。

「あ……」

アリシアは驚《おどろ》いたようだった。

「い、行くの……？」

僕はたずねる。

「ほんとは行きたくないんじゃないの？」

「……」

アリシアは摑んでいる僕の手に、そっと手を添《そ》え、

「……ありがとう。航一《こういち》」

と、少し潤《うる》んだ目で応《こた》えた。

女のほうが先程《さきほど》より強い口調《くちょう》で「アリシア様《さま》」と促《うなが》す。

「……わかっています。初めから、時間には戻るつもりでしたから」

そう言うとアリシアは僕から手を離《はな》し、トボトボと入り口のほうへ進み出した。

その背中《せなか》は妙《みょう》に切《せつ》なく、寂《さび》しいものに感じた。

「……」

だが、僕はうまい言葉《ことば》が見つからず、その場に立ちつくすしかできなかった。

電子《でんし》ドアの向こう側《がわ》に立つアリシア――。

「じゃあ」

と、振り返ったその顔は、いままで通りの〝ほわっ〟とした可愛《かわい》いらしいアリシアに見える――。

ちょこんと頭を下げ、去《さ》っていく彼らを見つめながら、僕は不思議《ふしぎ》な感覚《かんかく》にとらわれていた――。

この出会いが遠い世界《どこか》に繋《つな》がるような……。

θ

朝日《ひ》の昇《のぼ》らない朝にもようやく慣《な》れた頃《ころ》だった。

出発時は互《たが》いに素性《すじょう》を知らない同士《どうし》、どこかぎこちなかった研修生《けんしゅうせい》たちも、いまではすっかりうちとけて、和気《わき》あいあいとした雰囲気《ふんいき》になっていた。

僕も〝一部の研修生〟を除《のぞ》いては、他愛《たあい》もないメール交換《こうかん》をしたり、一緒《いっしょ》に無重力状態《むじゅうりょくじょうたい》で行うランニングマシンで筋肉《きんにく》トレーニングを行ったり。また消灯《しょうとう》時間が過《す》ぎた頃、こっそりと所定《しょてい》の場所に集まり、船内のあらゆる立入禁止《たちいりきんし》区域《くいき》に忍《しの》び込んでは、その証拠写真《しょうこしゃしん》を撮《と》ってくる――といったスリリングな遊びにハマッたりもしていた。

このことは、もちろんみずほには言っていない。

言ったところで、この楽《スリル》しさを理解《りかい》してもらえるはずもないし、十中八九《じっちゅうはっく》、いつもの優等《ゆうとう》生《せい》的な言い回しで、どやされるに決まっているからだ。

〝一部の研修生〟というのは、単純《たんじゅん》に「話さない」というか「話してくれない」相手《あいて》のことだ。

集団生活では、やはり〝ウマが合う、合わない〟といった問題《もんだい》が当たり前のように浮上《ふじょう》してくる。それは直接《ちょくせつ》会話はしなくとも、なんとなく肌感覚《はだかんかく》で伝《つた》わってくることで――。

少なくとも僕は一名の人物から敵意《てきい》を持たれていた。

――同室の『レン・F・ハート』。

何故《なぜ》だかはわからない。

初日から僕を見る目つきが鋭《するど》かった。

それはそれで、まあ、しばらくすれば自然《しぜん》に仲良《なかよ》くなるんじゃないだろうかと、当初《とうしょ》はあまり深く考えてはなかった。だが、日が経《た》つごとにレンは僕を遠《とお》避けるようになり、〝ちらり〟と僕を見ては目を逸《そ》らす、といった、まるで監視《かんし》でもしているような行動をとるようになっていた。

最近では、朝洗面所《せんめんじょ》で「おはよう」と声をかけても返答《へんとう》の言葉《ことば》もなく、ただ、僕を避《さ》けるようにフイと背中《せなか》を向けられてしまう始末《しまつ》だ。

さすがにそんなことを毎日やられていては、僕のほうとしても切《せつ》ないものがある。だが、少なくとも自分的には、彼から決定的に嫌《きら》われるほどの〝マズイこと〟をやってしまった記憶《きおく》はないのだ。心当たりがないのに、関係《かんけい》の緩和《かんわ》を優先《ゆうせん》して謝《あやま》るのもどうかと思う。それゆえ、レンとの関係は適切《てきせつ》な対処法《たいしょほう》が見つからないまま、今日《こんにち》に至《いた》ってしまっていた。

だが、それ以外には特に変わったこともなく、僕の木星圏《もくせいけん》までの航海《たび》は、ごく普通《ふつう》に、淡々《たんたん》と続いていた。

——あの日のこと以外は。

——あの日。

アリシアと会った日に起きたことは誰《だれ》にも話していない。

θ

アリシアが二〇一号室を去《さ》っていった後、僕は部屋《へや》の中を歩き回りながら考えていた。この部屋で起こった奇妙《きみよう》な事件《じけん》を、まず誰に話せばいいのだろうと――。

「ん?」

気がつくと足元《あしもと》には、製図用《せいずよう》のペンが転《ころ》がっていた。他にもノートや参考書《さんこうしょ》が落ちており、紛《まぎ》れもなくその一連《いちれん》の物は僕のものだった。

僕は床《ゆか》やベッドの上に散乱《さんらん》している荷物《にもつ》を、備《そな》え付けの棚《たな》にぶちこんだ。種類《しゅるい》や大きさなどおかまいなしに乱雑《らんざつ》に並《なら》べられていく衣類《いるい》と参考書《さんこうしょ》。転がっていた保存用《ほぞんよう》n《ナノ》チップのケースも適当《てきとう》に放り込んだ。

このタイミングで片付《かたづ》ける必要《ひつよう》はないのだが――気持ちを落ちつけるための苦肉《くにく》の策《さく》だった。

ドサドサッ、と並べた品々は無惨《むざん》にも棚から滑《すべ》り落ちる。

(ああ、もう……っ)

僕は本を拾《ひろ》おうと、思いきり床に手を伸《の》ばした。そのとき――。

フィ――ン、といった電子音《でんしおん》が部屋中に響《ひび》き渡《わた》った。電子ドアの上には『visitor』の文字が点灯《てんとう》している。

僕は壁《かべ》に内蔵《ないぞう》されている収集型《しゅうしゅうがた》インターホンに向かい、声を出した。

「どなた……ですか?」

『――先程《さきほど》こちらにお伺《うかが》いした者です』


グレーの、女のほうの声だった。

僕は大きく深呼吸《しんこきゅう》をした後、入り口の横にある生体照合《せいたいしょうごう》キーに指をかざした。

プシューッ、と電子《でんし》ドアが開く。

そこに立っていたのはやはりグレーの女だった。

思った以上に背《せ》が高い。一七〇センチ弱《じゃく》の僕を優《ゆう》に見下ろしている。目はホログラフィ型《タイプ》の光学《こうがく》サングラスで隠《かく》されており、はっきりとは見えない。

グレーの女はズイッと僕の目の前に立ちはだかった。

「申《もう》し遅《おく》れました。私はアリシア様《さま》の護衛官《ごえいかん》をつとめている『リューウィン』と申します。先《さき》程《ほど》は私どもの不祥事《ミス》により、あなたには多大《ただい》なるご迷惑《めいわく》をおかけしてしまいました。慎《つつし》んでお詫《わ》び申し上げます」

直立《ちょくりつ》したままリューウィンはそう言った。声はどこかの音声案内《おんせいあんない》のように一定《いってい》の調子《トーン》だ。謝罪《しゃざい》を意味する言葉《ことば》とは裏腹《うらはら》に、頭を下げる気配《けはい》はなく、表情は……ピクリとも動かない。

薄《うす》い唇《くちびる》には青紫《あおむらさき》色《いろ》の口紅《くちべに》をつけていた。その色がまた一層《いっそう》冷たい雰囲気《ふんいき》を醸《かも》し出しているのかもしれない――と僕は思った。

リューウィンは淡々《たんたん》と続ける。

「お借《か》りしているあなたの服《ふく》は、クリーンウオッシュにかけてから、本日中にこちらまで届《とど》けさせますので」

「あ、わざわざ……ありがとうございます」

僕はまごつきながらも丁寧《ていねい》に頭を下げた。

（…………）

僕は頭を下げながらどこか釈然《しゃくぜん》としない気持ちがこみ上げてきていた。

（何か大事《だいじ》なところが、すっぽり抜けているんじゃないのか？）

僕は「あの」と思いきって切り出した。

「アリシアはあれからどこに？　彼女はどうして逃――」

「あなたにお伝《つた》えしておきたいことがありまして、こちらに参《まい》りました」

リューウィンは先程よりも強く、早い口調《くちょう》で、僕の質問《しつもん》を遮《さえぎ》るように話し始めた。

「結論《けつろん》から先に言わせてもらいます。本日の午後五時四五分から、六時三八分の間、この部屋《へや》で起きたことはお忘れください」

「え……っ？」

「あなたが見たもの全《すべ》てです」

突然《とつぜん》の申し出に、僕はなんと返して良いのかわからなかった。

言っている意味はもちろん理解《りかい》できる。名目上《めいもくじょう》は〝謝罪《しゃざい》しにきた〟ということらしいがドアを開けた瞬間《しゅんかん》に感じたリューウィンの威圧的《いあってき》な態度《たいど》。そこから考えても、本当の用件《ようけん》はこっちだったことが窺《うかが》い知れる。

「あ、あの、」

「口外《こうがい》も一切《いっさい》避けてください。肉親《にくしん》、友人等《とう》、どんな親《した》しき間柄《あいだがら》でもです」

リューウィンは相変《あいか》わらず強弁《きょうべん》な態度《たいど》で、一方的《いっぽうてき》な頼《たの》み事《ごと》を述《の》べ続ける。

僕が何かを切り出そうとしても、質問《しつもん》する余地《よち》を与《あた》えようとしない——。

「無論《むろん》〝何もなしで〟とは言いません」

「……………え」

「——五〇〇万ダウルはいかがでしょう?」

(ご、ごひゃくまん………!?)

「————! ちょ、ちょっと待《ま》ってください!」

それは小型《こがた》の『宙域船《ちゅういきせん》』が買える程《ほど》の額面《がくめん》だった。

「足《た》りないのでしたら倍額《ばいがく》でも」

「そうじゃなくて!」

僕は声を荒《あら》げた。

――そうじゃない、そういうことじゃないのだ。何故《なぜ》ここでお金云々《うんぬん》の話が出てくるのだ。僕は何も説明《せつめい》されていないし、そんなもの貰《もら》う理由《りゆう》もない。〝問題《もんだい》をお金で解決《かいけつ》する〟という方法は、確《たし》かに世の中のあらゆる場面に存在《そんざい》すると思う。でも、今回の出来事《できごと》は、そういう類《たぐ》いのものとは本質的《ほんしつてき》に違《ちが》うはずだ。

腹《はら》の底《そこ》から何かがこみ上げてくる。

僕は苛立《いらだ》たしくもあり、またどこか虚《むな》しいような気持ちになり、声を出さずにはいられなくなっていた。

「なんか、おかしいですよ。僕は二〇一《こ》号室で今日から過《す》ごす研修生《けんしゅうせい》で、アリシアはたぶん部屋に戻る道がわからなくなって、二〇一《こ》号室に迷《まよ》い込んじゃっただけで。――そこで、……少しの間、一緒《いっしょ》にいただけの……ただそれだけのことなんですよ!? アリシアに何か過《か》失《しつ》があるわけでもないし、僕にも、おそらくないです………。たったそれだけなのに、なんで〝全《すべ》て忘れろ〟とか、ヘンな……すごいケタのお金が出てくるんですか？」

スイッチが入ったように僕はリューウィンに捲《まく》し立てていた。

リューウィンは黙《だま》っている。

聞いているのか、聞く耳持たずなのかよくわからないが、僅《わず》かに透《す》けた光学《こうがく》サングラスからは、僕を見下ろす鋭《するど》い目だけが見える。

「…………」

リューウィンは光学《こうがく》サングラスの電源《でんげん》をOFFにした。

その奥《おく》に見える瞳《ひとみ》の色は、ラムネの瓶《びん》のような澄《す》んだ、驚《おどろ》くほど薄《うす》いグリーンだった。

「こちらの要求《ようきゅう》が聞き入れてもらえないと？　そういうことですか？」

「は、はい…………。だって……大事《だいじ》なところは何も説明《せつめい》されてないし」

しばしの沈黙《ちんもく》の後、リューウィンはゆっくりと両目《りょうめ》を閉じ、フウと微《かす》かな息《いき》を漏《も》らした。

「——では、仕方《しかた》ありませんね」

「……………え？」

「別の処置《しょち》をとらせてもらいます」

（別の……？）

サングラスの奥の目がジイッと僕を見据《みす》えた。リューウィンの薄《うす》い唇《くちびる》が小さく開く——。

「——一〇年程《ほど》前、木星圏《もくせいけん》にて起きた〝ゴッサマーリング事件《じけん》〟」

「……………！」

「——当時は随分《ずいぶん》と騒《さわ》がれていたようですね？　人類初《じんるいはつ》、木星圏に行った『宙域探査船《ちゅういきたんさせん》』が、こつ然《ぜん》と姿《すがた》を消してしまい、乗員《じょういん》の三六六人全《すべ》ての命《いのち》が一瞬《いっしゅん》にして断《た》たれたと」

「……………」

「当初《とうしょ》は未確認《みかくにん》宙域ということもあり、木星の重力波《じゅうりょくは》による〝損壊事故《そんかいじこ》〟と見られていましたが、火星《かせい》の監査《かんさ》レーダーが拾《ひろ》った素粒子《そりゅうし》音波《おんぱ》によると——その中の研究《けんきゅう》チームによる作為的《さくいてき》な軌道変更《きどうへんこう》による人為的《じんいてき》事故の可能性《かのうせい》が極《きわ》めて高いと。もちろん、ここまでは公《おおやけ》にはされていませんが――」

僕は思わず顔をそむけた。

「――当然、あなたはご存《ぞん》じのはずですよね？」

「…………」

「その一連《いちれん》の事件の首謀者《しゅぼうしゃ》と見られる人物『プロフェッサー・アイザワ』――本名『相沢一孝《あいざわかずたか》』。

…………相沢一孝はあなたのお父様《とうさま》…………ですね？」

その名前を聞き、僕はたじろいだ。

相沢一孝――。

それは、僕の…………。

生まれてから一度も会ったことのない父親《ちちおや》の名前だ。

僕は全身《ぜんしん》に電流《でんりゅう》が走るかのような感覚《かんかく》に襲《おそ》われた。急激《きゅうげき》に体が冷《ひ》えていく気がする――。

小刻《こきざ》みに左手首が震《ふる》え出した。

リューウィンは表情ひとつ変えずに話を続ける。

「ただし、奇妙《きみょう》なことに状況証拠《じょうきょうしょうこ》となる『宙域探査船』の破片《はへん》は何ひとつとして残されていなかった。それゆえに〝ゴッサマーリング事件《じけん》〟の真相《しんそう》は明《あき》らかにならず……プロフェッサー・アイザワら研究員《けんきゅういん》は、裁《さば》きも受けぬまま、木星《もくせい》に初めて到達《とうたつ》した人類《じんるい》だと、逆《ぎゃく》に英雄視《えいゆうし》されている風潮《ふうちょう》すらあります」

「…………」

「——これから私の言うことをよく聞いてください」

僕は緊張《きんちょう》のあまり、息《いき》を吸《す》いこむ回数が増《ふ》えていた。

「プロフェッサー・アイザワは現在《げんざい》、国際政府《こくさいせいふ》の——〝特級罪人候補《とっきゅうざいにんこうほ》〟に指定《してい》されています」

（特級罪人候補——）

脳天《のうてん》まで衝撃《しょうげき》が走った。

「…………な、何ですか、その、特級罪人って！」

「極《きわ》めて犯罪者《はんざいしゃ》に近い存在《そんざい》ということです」

「そんな、そんなの……僕は聞いてない！」

「地球《ちきゅう》にいらっしゃるお母様《かあさま》はご存《ぞん》じですよ」

「え……？」

早鐘《はやがね》のように心臓《しんぞう》が鳴《な》り始める。

「いわゆる通常《つうじょう》の、国際法《こくさいほう》で裁かれる犯罪者とは異《こと》なりますが。事《こと》の運《はこ》びようによっては、再《さい》度《ど》この事件を我々《われわれ》のほうで提訴《ていそ》し、プロフェッサー・アイザワを公的《こうてき》な裁きにかけることもできるのです」

「…………！」

「あの日、木星圏で姿《すがた》を消した船『宙域探査船《ちゅういきたんさせん》オリンシス号』は、我々、ブルネージュ財団《ざいだん》所有《しょゆう》のものです」

僕は先程《さきほど》から震《ふる》えている左手首を押さえた。

「あなたはお母様と、あの黒々《くろぐろ》とした地球《ほし》で生活されていたそうですが――」

光学《こうがく》サングラスの奥《おく》に見える瞳《ひとみ》だけが動き、ジロリと僕を見た。

「――お父様が特級罪人となってしまったら、地球に居《い》るお母様は、さぞや悲しまれるでしょうね？」

プルルルルルルルル………。

「――人口《じんこう》の少ない地球のコミュニティでは、人の噂《うわさ》というものは、あっという間に広まりますからね。特に悪い噂は………」

じんわりと、額《ひたい》に汗《あせ》がにじんでいることがわかる。部屋《へや》の奥から聞こえるプルルの音はおそらく、船内通信《せんないつうしん》の音だ。たぶん夕食の時間を越《こ》しているので、先生か誰《だれ》かが連絡《れんらく》を入れてきたのだろう――。

プルルルルルルル……。

「ご理解《りかい》いただけましたか？　あなたは今日見たもの、あったことを忘れるだけでいいのです」

「…………」

「簡単《かんたん》なことです」

「…………」

「では、私はこれで――」

リューウィンは光学《こうがく》サングラスの電源《でんげん》を入れ、完全《かんぜん》に目を隠《かく》した後、B階層《かいそう》の通路《つうろ》を進み始めた。

僕はネジ巻《ま》きごと、そっくり抜《ぬ》き取られてしまった電動式《でんどうしき》の玩具《おもちゃ》のように、体勢《たいせい》ひとつ変えず、ただその場に立ち尽《つ》くしていた。

リューウィンがふと振り返る。

「学生用の食堂《しょくどう》は、南階段《かいだん》を上がったC階層にありますよ。スペースリウムの近くなのでわかると思いますが。今度はお迷《まよ》いになりませんように……」

「!?」

踵《きびす》を返し、進んでいくリューウィンの後ろ姿《すがた》。そこには無言《むごん》の、絶対逆《ぜったいさか》らうことの許《ゆる》されない圧力《あつりょく》があるように感じ、僕は目を逸《そ》らした。

——それが僕とアリシアの〝最初で最後〟の接触《せっしょく》だった。

θ

僕は、牛乳《ぎゅうにゅう》たっぷりのインスタントコーヒーをすすりながら、『宙域視聴覚室《スペースライブラリー》』前のベンチに座《すわ》り、スケッチ用PCの液晶《えきしょう》を食い入るように見ていた——。

（…………どっちの色にすべきか）

液晶画面《がめん》には徹夜《てつや》で描《か》いた『ＣＳ《コスモスペース》デザイン案《あん》』が並《なら》んでいる。どれもまだ無色《デフォルト》のままで、パッと見の画面に華《はな》やかさはない。

だが。

僕はこの色付けの作業《さぎょう》が好《す》きだった。

（メインの装甲《そうこう》はやっぱり、青系《あおけい》……、いや、それだと宇宙《うちゅう》での作業のとき保護色《ほごしょく》になっちゃって、見えづらいか……）

僕は何度もパレットから気になる色を選択《せんたく》して、デザイン案《あん》に重ねる。その瞬間《しゅんかん》、僕の描《えが》いた『CS《コスモスペース》』が瞬時《しゅんじ》に着色《ちゃくしょく》され、完成系《かんせいけい》の六〇パーセントくらいにしか見えないデザイン案《あん》が、いきなり九五パーセントくらいに様変《さまが》わりするのだ。

この瞬間がたまらないのである。

（よし、ここは思いきってメインの色は……）

「シルバーだ！」

「——赤！」

「……っ？」

画面《がめん》に映《うつ》り込む黄色《きいろ》のスカーフと薄桃色《うすももいろ》のジャケット。

「彩度《さいど》を上げた感じの明るい赤がいいと思うな？　尾翼《びよく》はオレンジとかで」

振り向くまでもなく、その声はみずほだった。

「……勝手《かって》に見るなって。一応《いちおう》、別の班《グループ》の人間だろ？」

「別にいいじゃない」

「良くないよ」

「だって、航一《こういち》は『オーソリティ』になりたいわけじゃないんでしょ？」

「……………」

僕は表面《ひょうめん》が乳白色《にゅうはくしょく》となっているインスタントコーヒーを、んぐっと飲《の》み込んだ。

（ミルクを多めにすると冷《さ》めるのが早い気がするな……）

そんなことを思いながら、ヒョイッ、と紙コップを近くのゴミ箱《ばこ》に投げた——だが、紙コップはゴミ箱のフチをかすめ、床《ゆか》に落下《らっか》しただけだった。

「ヘタクソ……」

〝——うるさい〟と僕はみずほに目をやり、紙コップを然《しか》るべき場所に収《おさ》める。

(『オーソリティ』か)

『オーソリティ』——正確《せいかく》には『O・S・S《オーソリティ・スチューデント・システム》』と呼ばれる特待生制度《とくたいせいせいど》のことだ。最《さい》新鋭《しんえい》の技術《ぎじゅつ》を学《まな》びながらも『学習補助費用《ほじょひよう》』という高額《こうがく》な教育費《きょういくひ》が、各種方面《かくしゅほうめん》の援助機関《えんじょきかん》から支給《しきゅう》される特別な身分《みぶん》で、優良《ゆうりょう》な人材育成《じんざいいくせい》のため国際政府《こくさいせいふ》が行《おこな》っているものだった。

なおかつ『オーソリティ』は社会的認知度《にんちど》も高く〝選《えら》ばれた者＝エリート〟の図式《ずしき》が一般市《いっぱんし》民《みん》にはインプットされているため、ステータスを欲《ほ》しがる実業家《じつぎょうか》や権力者《けんりょくしゃ》の親が、子供に望《のぞ》むケースも多かった。また今回の旅《たび》でも成績《せいせき》が上位《じょうい》の者には、その資格《しかく》を与《あた》えられるとの噂《うわさ》が飛び交《か》っており、ある意味研修生《けんしゅうせい》たちは『オーソリティ』を目指《めざ》すライバル同士《どうし》でもあった。

——が、僕は。

「……まあ、その、『オーソリティ』は目指してないけどさ」

僕は本心《ほんしん》から『オーソリティ』になりたいなど一度も思ったことがないのだ——。

「じゃあ見てもいいじゃない——」

〝そういわれても〟と、僕はしぶった。

「………なんか、作業《さぎよう》の途中段階《とちゆうだんかい》を見られるのって、妙《みよう》に恥《は》ずかしい気がするんだよ」

パチクリ、とみずほの大きな目が瞬《またた》いた。

「私は第三者に見てもらうのって客観的《きやっかんてき》な意見が聞けて、結構好《けっこうす》きだけどなあ」

そう言いながら、みずほは手首にはめられていた小型《こがた》のスケッチ用PCを確認《かくにん》し始めた。

横からだが、ちらっとだけ見えた液晶画面《えきしようがめん》には、ギリシャ神話《しんわ》に出てくるような建造物《けんぞうぶつ》と左右対称《シンメトリー》になった街並《まちなみ》のスケッチが描《えが》かれていた。円形に街《まち》全体を囲《かこ》む水路《すいろ》のようなものがあり、空には遊び心なのか、青い鳥が数羽《すうは》飛んでいる。全体はドームに覆《おお》われているので、どこかのコロニーを想定《そうてい》して描いたものなのだろう――。

(上手《うま》いな)

素直《すなお》にそう思った。子供の頃《ころ》から絵の才能《さいのう》はあったようだが、ここまで描けるようになっているとは。正直《しようじき》、少しだけ悔《くや》しい気もする――が、僕はみずほとも他の研修生《けんしゆうせい》とも競《きそ》い合う気はなかったので、その思いはすぐに消え失《う》せた。

僕はノートPCの電源《でんげん》を落とす。みずほがいると横《よこ》から何やかんやと口出しされ、作業に集中出来《でき》ないと踏《ふ》んだからだ。

「色付けやめちゃうの?」

と、訊《たず》ねてくるみずほに、僕は言葉《ことば》を付け加《くわ》えた。

「途中段階を見られても大丈夫《だいじようぶ》なのは、みずほのイラストが色を着けなくても上手いからだよ」

「えっ？」

「小学校のときにエアーズ・ロックの麓《ふもと》まで行っただろ。そんときも帰りのバスの中で、絵描いてたけど、やっぱ人より上手かったもんな」

「……そ、そう」

「うん」

「なんか、そんな風《ふう》に面《めん》と向かって言われると、ちょっと照《て》れちゃうな」

そういいながら、みずほは頬《ほお》をさすっている。確《たし》かにほんのり赤くなっているような気もする。そのとき――。

『宙域視聴覚室《スペースライブラリー》』の中へ、白っぽい美形《びけい》の少年と派手《はで》なピンク色の髪《かみ》の女の子が、腕《うで》を組みながら入っていく後ろ姿《すがた》が見え、僕は「あっ！」と思わず立ち上がった。

「みずほっ。い、いまの見た？　あの腕組んでた二人？」

「ローランくんとセーラでしょ？」

平然《へいぜん》と、みずほは言い放つ。

まさか、ツバルが、あのキャアキャアと騒《さわ》がしいセーラと。

「……そうなの？　い、いつから」

「……二、三日前だと思うけど。食堂《しょくどう》にいたローラン君《くん》をセーラがつかまえてね。猛《もう》アタックしたみたいなの。そしたら、どういうことだかすんなり、おつき合いすることになったみたいで」

「いきなりの展開《てんかい》だな」

「いきなりでもないのよ。だってセーラってば、初日《しょにち》からチェルシーに〝ローラン君のデータ調べて〟って頼《たの》んでたもの」

なんという行動力なんだ、と僕は半ば《なか》感心《かんしん》したいような気持ちになる。

「すごいよな、女の子のそういうパワーは」

みずほの左瞼《まぶた》の上がピクッとした。みずほが怒《おこ》っているときのサインだ。〝なんかマズいこと言ったか？〟と僕は先程《さきほど》の言動《げんどう》を思い返してみた。

だが、次に見たみずほの表情には、怒《いか》りの雰囲気《ふんいき》はなく、むしろ少し微笑《ほほえ》んでいるようだった。

「………ちなみに航一《こういち》のも調べてたけどね」

「えっ？　なんで？」

みずほは「わからないけど」といって、顔を反対方向に向けた。気のせいか、その素振《そぶ》りはどこか慌《あわ》てているようにも見える――。

みずほは立ち上がって、ちらっとだけ僕を見て、また目を逸《そ》らした。

「ねえ、航一。私たちも『宙域視聴覚室《スペースライブラリー》』に行ってみない？」

「いま？」

「――うん、いますぐ」

休憩《きゅうけい》がてら、僕はみずほにつき合うことにした。

（昨日《きのう》も宙域視聴覚室《こ》で調べものしてたんだけど。ま、いっか。あの二人のことも気になるし……）

『宙域視聴覚室』。

そこは船に収《おさ》められている蔵書《ぞうしょ》や月都市《セントラル》から定期的《ていきてき》に配信《はいしん》される映画《えいが》や連続ドラマなどを自由に視聴《しちょう》できる場所だった。一般《いっぱん》の娯楽施設《ごらくしせつ》とは趣《おもむき》が異《こと》なるので、通常《つうじょう》の乗客《じょうきゃく》たちはあまり訪《おとず》れないスポットでもあり、反対に仕事《しごと》や研究《けんきゅう》で木星圏《もくせいけん》に向かう開発員《かいはついん》などが、勉強《べんきょう》のために集まる場所だった。

空調《くうちょう》が整《ととの》えられた室内は、柔《やわ》らかな間接照明《かんせつしょうめい》が灯《とも》されており、控《ひか》えめの音量《ボリューム》の心地《ここち》よいクラシックが流れていた。各スペースは目線《めせん》より高い仕切《しき》りで遮《さえぎ》られ、蔵書《ぞうしょ》や資料《しりょう》などを閲覧《えつらん》している人たちの足だけが見える。

ふと見ると、ダボッとしたバスケットシューズと白いエナメルのショートブーツが、足を絡《から》めあったりしている――。他にもそんな光景《こうけい》が見えるではないか。

僕は初めて、そのことに気が付いた。

(そっか。ここってデートスポットでもあるんだ)

室内は薄暗《うすぐら》いし、横《サイド》からは見えない壁《かべ》もある。見覚《みおぼ》えのある靴《くつ》でない限《かぎ》り、誰《だれ》がいるかわからないのだ。密会《みっかい》するにはちょうど良い場所といえる——。

(なんか、ちょっとやらしいな)

そう思いながらも、僕はなんとなくツバルとセーラの足《あし》を探《さが》してしまっていた。

(いない……)

僕の挙動不審《きょどうふしん》な動きに何かを勘付《かんづ》いたのか、みずほが僕の顔を覗《のぞ》き込む。

「なにキョロキョロしてるの?」

「あ〜〜〜、や、何でもない」

みずほは少し怪訝《けげん》な顔をして、誘導《ゆうどう》でもするかのように僕の前をスタスタと進んでいった。

——フロアの中心はミニシアターとなっており、天井《てんじょう》が半球《はんきゅう》となっているガランとした空間《くうかん》だった。

定員《ていいん》五〇名と書かれた扉《とびら》は開け放たれており、上映《じょうえい》にはまだ時間があることを思わせる。

客席《きゃくせき》となる弓形《きゅうけい》にカーブした長イス。誰《だれ》もいない、と思いきや、そこには雑誌《ざっし》を顔に載《の》せ、居眠《いねむ》りをしている先客《せんきゃく》がいた。照明《しょうめい》の関係《かんけい》でよく見えないが、僕と同じくらいか、それより小さいような印象《いんしょう》を受ける。

なんだか妙《みょう》に気になり、僕は寝転《ねころ》んでいる先客を見ていたが——みずほはそれを遮《さえぎ》り、やや

強引《ごういん》に「こっち」と前列《ぜんれつ》のほうへ、僕を引っ張っていった。

僕は単純《たんじゅん》な疑問《ぎもん》をみずほにぶつけてみた。

「あのさ。そんなにスクリーンの近くじゃ観《み》づらいんじゃない？　こんなに空《あ》いてるんだし
……」

「あ、うん……そうね！」

なんだろう、心なしか、みずほは焦《あせ》っているように見える。

「じゃ、この辺《へん》にしとこっか……」

僕たちは真《ま》ん中よりやや前にある長イスに座《すわ》った。

「……で、今日の上映《じょうえい》って？」

僕は周囲《しゅうい》を見渡《みわた》してみる。だが。

「あれ？　書いてないんだ」

告知《こくち》はどこにもなかった。

「……うん。ほら、部屋《へや》に毎日、船内プログラムのスケジュールが送られてくるでしょ。あれにしか書いてないみたいなの」

「不便《ふべん》だな、なんか」

僕は背《せ》もたれにもたれ掛《か》かり、仰《の》け反《ぞ》るかのようにグーッと腕《うで》を伸《の》ばした。思わずあくびが出る。昨日《きのう》の徹夜《てつや》もあって、こう薄暗《うすぐら》い場所では眠《ねむ》くなるのも時間の問題《もんだい》かもしれない――。

「眠いの？」

「あ、うん……ちょっとね」

ひと呼吸《こきゅう》おいた後、みずほがボソリと声を出した。

「…………あのさ、航一《こういち》」

「…………」

思いきり頬《ほお》をつつかれた。

「……いっ！　あ、うん……で？」

「『キング・オブ・ミーメニア号』の名前の由来《ゆらい》って、知ってる？」

僕は軽く首を振った。——先程《さきほど》よりも睡魔《すいま》が進行《しんこう》している。

「……えっとね、どこから話そうかな。あ、じゃあ……まず宇宙《うちゅう》についてなんだけど。とにかく広大《こうだい》じゃない？」

なんだか話が長くなりそうな予感《よかん》がするが、とりあえず「うん」と返事をした。

「一〇〇億光年《おくこうねん》向こうの深宇宙《ディープ・フィールド》からの光源《こうげん》なんて、太陽系《たいようけい》の誕生前《たんじょうまえ》から存在《そんざい》してるわけだから、宇宙っていうのは〝時間すらも超《こ》える〟広さがあるってことなのよね。——でね、こんな人類最大級《じんるいさいだいきゅう》っていわれてる大きな『宙域航海船《キング・オブ・ミーメニア号》』でも、宇宙の計《はか》り知れない広さに比《くら》べたら、ものすごーく小っぽけな存在《もの》になっちゃうわけ……」

長イスの下からは温《あたた》かい空気が吹《ふ》き出しており、ますます眠気《ねむけ》をそそっていた。みずほは前を向いたまま、喋《しゃべ》り続けている――。

「……で、この船は宇宙《うちゅう》に比《くら》べたら、とにかく小さい。それは人間の知恵《ちえ》も、まだ宇宙の力に比べたら微々《びび》たるものだってことで……。そんな開発者《かいはっしゃ》たちの想《おも》いがあって『ゲルマン神《しん》話《わ》』に登場《とうじょう》する小さな小人族《こびとぞく》の『ミーメ』から連想《れんそう》して名付けられたんだって」

「……………へえ」

だんだんと意識《いしき》が朦朧《もうろう》としてくる。

「あ、まあ、こんな話はいいんだけどね……。えっと、あ、そうそう……。さっき、前にセーラがチェルシーに〝航一《こういち》のデータを調べさせてた〞って言ったじゃない?」

「……………ん」

頭に聞こえてくるみずほの声は、徐々《じょじょ》に途《と》切《ぎ》れ途切れになりつつあった。

「そのときね。航一のお父さんの名前が出てきて………」

「……………え⁉」

バサッ――。

紙が落ちるような音がシアター内に響《ひび》いた。

その音により、僕は完全《かんぜん》に目を覚《さ》ました。

おそらく、さっき昼寝《ひるね》か何かをしていた人物が、顔の上に置いていた雑誌《ざっし》が落ちたのだろう。

カツカツカツ――といった足音が扉《とびら》のほうへ向かい、聞こえなくなった。

僕は上体《じょうたい》を起こし、みずほを見た。

「父さんの名前……」

みずほは少しためらいがちな面持《おもも》ちで、こくんと首を下げた。

「まあ、そりゃそうだよな。親なんだし。データに当然《とうぜん》名前は載《の》ってるよ……」

「あのっ、でもね！」

みずほは斜《なな》めに乗《の》り出し、僕の両肩《りょうかた》をガシッと掴《つか》んだ。

「それはすぐに見《み》るのを止めさせたの！」

「……！」

「航一のお父さんって、いろんな意味で有名《ゆうめい》でしょ。その……世界的《せかいてき》な宇宙工学者《うちゅうこうがくしゃ》だし。『O・S・S《オーソリティ・スチューデント・システム》』を最初に提唱《ていしょう》した人でもあるし。それに……」

みずほの声が次第《しだい》に小さくなっていく。

「あの……木星圏《もくせいけん》の大事故《だいじこ》とかもあって……」

それはできる限《かぎ》り、気を遣《つか》いながら僕に話してくれているようだった。

「航一、お父さんのことを周《まわ》りに知られるの……あんまり好《す》きじゃないって言ってたこと思い出して……」

「…………」

ピュルルル——……と話を遮《さえぎ》るかのように、両サイドにあるスピーカーから、拍子抜《ひょうしぬ》けしそうな電子音《でんしおん》が鳴《な》り響《ひび》いた。

《『果《は》てしなきロマンスへの旅路《たびじ》・Ⅲ《スリー》』の上映《じょうえい》時間まであと五分です——なお、上映中、扉《とびら》の開閉《かいへい》は……》

合成音《ごうせいおん》で作られたアナウンス放送《ほうそう》だった。

「『果てしなきロマンスへの旅路』……」

「……あ」

「ものすごいドロドロの恋愛映画《れんあいえいが》じゃなかったっけ？」

「そ、そう……だったかな？」

「そうだよ、たぶん」

正直《しょうじき》いってこの手《て》の作品は苦手《にがて》だった——。コメディタッチの恋愛モノならまだ我慢《がまん》できるところなのだが。

みずほは〝ぽりぽり〟とおでこを掻《か》いている——。その動作《どうさ》から僕は察《さっ》する。

（……観《み》たいのか）

みずほは小さく呟《つぶや》いた。

「あの、やっぱ、イヤだった？」

「……うーん」

「た、たまには、こんな感じのラブロマンス系《けい》ってのも悪くないんじゃないかな、って思ったんだけど。あ、でも男の子にはキビシいわよね。そうよね、ごめんごめん——」

すくっ、とみずほは素早《すばや》く立ち上がり、体を入り口のほうへ翻《ひるがえ》した——。

僕はみずほの袖《そで》を掴《つか》み、長イスのほうに引き戻した。

「航一《こういち》!?」

「まあ、六時までは自由時間だし……」

スローテンポな甘《あま》ったるいBGMが流れ始めた。

（みずほには悪いけど……）

僕はしばしの間、休憩《きゅうけい》を取らせてもらおうと、背《せ》にもたれかかり目を瞑《つむ》っていた。

だが——。

僕は〝相沢一孝《父さん》〟のことが頭から離《はな》れず、うまく寝《ね》つけずにいた——。

（会ったこともない人なのに、考えるだけでこんなに胸《むね》がざわめくのはどうしてなんだろう……）

だからなのかもしれない。親子《おやこ》でありながら僕と父さんは生まれてから一度も対面《たいめん》したことがないのだ。

父さんは己《おのれ》の研究《けんきゅう》のためだけに生き、僕と母さんの存在《そんざい》を無視《むし》し、地球《ちきゅう》を離《はな》れていった。挙《あげ》句《く》の果《は》てには亡骸《なきがら》すら残さず、僕たちの知らないところでこの世《よ》から消えてしまったのだ。（世界的《せかいてき》な宇宙工学士《うちゅうこうがくし》だろうが、何だろうが……僕には関係《かんけい》ない。父さんは僕たちを苦《くる》しめ続けてるんだから）

そのとき僕は、こみ上げてくる形容《けいよう》し難《がた》い衝動《しょうどう》と、劇中歌《げきちゅうか》の甲高《かんだか》い唄声《うたごえ》に気をとられており、船の底《そこ》に這《は》う奇妙《きみょう》な揺《ゆ》れに、まだ気が付かないでいた——。

θ

「——でさ、航一《こういち》。〝研修生代表《けんしゅうせいだいひょう》〟とはどうなんだよ？」

嗄《しゃが》れ声が作業用通路《さぎょうようつうろ》に響《ひび》いた。

「えっ？」

「春日《かすが》みずほだよ？　もういろいろ〝やっちゃった〟のかってこと」

いきなりの質問《しつもん》に面《めん》くらった僕は、パイプ管《かん》につまづきそうになった。〝おいっ！〟と寸《すん》でのところを引っ張られ、僕はバランスを取り戻す――。

「気を付けろよな」

と、話す声はやはりかすれている。『ダック』――その特徴《とくちょう》ある声ゆえ、彼はそう呼《よ》ばれていた。最近仲良《なかよ》くなった別班《グループ》の一コ上で、立入禁止区域《たちいりきんしくいき》の探索《たんさく》は、彼に勧誘《かんゆう》されて始めたものだった。

「ごめん、ありがとう」

「この辺《へん》はプロムナードの上なんだから、裏道《うらみち》だっておんなじようにゴチャゴチャしてるんだぜ?」

僕は足元《あしもと》に目をやった。排水管《はいすいかん》や電機《でんき》のコードが四方《しほう》から張《は》り巡《めぐ》らされている。その隙間《すきま》からはプロムナード内にそびえ立つ仕掛《しか》け時計が見えた。だが、照明《しょうめい》がおとされている上、角度《かくど》もよくないため、正確《せいかく》な時刻《じこく》はわからない。

「さすがに誰《だれ》もいないみたいだね」

いつもは深夜《しんや》でもかまわず営業中《えいぎょうちゅう》の『セントラルプロムナード』だが、今日は定期検診《ていきけんしん》とやらで全館《ぜんかん》が封鎖《ふうさ》されていた。そのため警備員《けいびいん》の数が極端《きょくたん》に少なく、普段《ふだん》なら侵入《しんにゅう》できない場所へ入り込める特別《とくべつ》な日だった。

「航一。いつも一緒《いっしょ》の、あの金髪《きんぱつ》のヤツは来ないのか?」

――ツバルのことだ。

「えっと……今日はちょっと用事《ようじ》があるみたいで」

「用事？　ひょっとして野暮用《やぼよう》ってやつか？」

当たりだった。ツバルはセーラとデート中なのだ。

「あっ、その顔!?　……そうなんだな？　……はあ、いいなあ、お前らは」

頭をクシャクシャやりながらダックは口を尖《とが》らす。

「お前らって……、僕は別に」

「隠《かく》すなって。さっきの続きになっちゃうけど。お前、春日《かすが》みずほとデキてるんだろ？　つい
この間『宙域視聴覚室《スペースライブラリー》』に二人で入ってったのを見かけたヤツがいるんだぜ？」

「あのさ、僕とみずほは……小さい頃《ころ》、単《たん》に家が近い同士《どうし》の、」

「航一《こういち》」

ガシッ、と肩《かた》を摑《つか》まれた。

「あの子は研修生《けんしゅうせい》の中でも、一、二位《い》を争《あらそ》う美貌《びぼう》の持ち主《ぬし》だと思うぜ？」

（…………）

「誰《だれ》かにとられないうちに、自分のモノにしといたほうがいいんじゃないのか？」

「キヒヒ」と笑うダックの息《いき》が耳にかかる。気色《きしょく》悪いので僕は反対側《はんたいがわ》を向いた。そのとき——。

カン、カンカンカン——

金属《きんぞく》の床《ゆか》を歩く音が周囲《しゅうい》に響《ひび》き渡《わた》った。

「げっ、もしや警備員か⁉」

「たぶん…………、わっ！」

突然《とつぜん》ダックに引っ張られ、僕は鉄柱《てっちゅう》の裏《うら》に引きづり込まれた。

「ダ、ダック。何だよ、いきなり」

「俺《おれ》、これ以上、マイナスポイントがつくとヤバいんだ。エウロパに着く前に強制送還《きょうせいそうかん》なんてことにもなりかねない！」

その目は必死《ひっし》そのものだった。僕の手を握《にぎ》る両手《りょうて》はふるふると震《ふる》えている。

（おいおい…………）

〝そこまで点数がないのだろうか〟と思いつつ、僕はダックにつきあい、身《み》を隠《かく》すことにした。

「…………しっかし、キツいなぁ」

もぞもぞとダックが体を動かす。確《たし》かに鉄柱の裏は二人の身体《からだ》を充分《じゅうぶん》に隠《かく》せる程《ほど》の幅《はば》はなかった。

「し、仕方《しかた》ないだろ」

「だって男と密着《みっちゃく》したってよお、」

「しっ…………近付いてきた」

周囲《しゅうい》が明るく照《て》らされる。

「どうする？　ダック？」

「ああ……」

やや離《はな》れた場所に非常口《ひじょうぐち》の光が見える。

「このまま一気《いっき》にあそこまで走る？」

――とは言ったものの〝それは無理《むり》か〟と僕は自分の意見を否定《ひてい》した。この床《ゆか》では足音が響《ひび》いてしまい、潜《ひそ》んでいたことが一発《いっぱつ》でバレてしまうからだ。

（いや、いっそ響いてもいいから、そのまま逃げ切るとか……）

だが、非常口までは遠く、視界《しかい》もかなり悪い。つまづく可能性《かのうせい》だってある。

だが躊躇《ちゅうちょ》している暇《ひま》はなかった。足音は止まることなく、こちらに向かって来ている。

（どうすれば……）

目の前の鉄柱《てっちゅう》に円形状《えんけいじょう》のライトが照《て》らされた。ハッキリとした輪郭《りんかく》の灯《あか》りに僕たちは息《いき》を呑《の》んだ。

（早く行ってくれ――）

ふくらはぎがピリピリと痙攣《けいれん》してくる。ダックの膝《ひざ》もガクガクと揺《ゆ》れているようだった。

カン……カン……。

（こっちに来るっ!?）

だが——。

カン、カンカンカン……また作業用通路《さぎようようつうろ》を進む音が響き渡《わた》った。

（あれ……？）

次第《しだい》に遠ざかっていく足音。相手《あいて》は僕たちに気付かなかったのだろうか？

僕は警戒《けいかい》しながら、そっと顔を覗《のぞ》かせた。

「……っ！」

思わず漏《も》れそうになった声を両手でおさえた。

（あれは!?）

「航一《こういち》？」

ダックが僕の異変《いへん》に気付いたようだった。僕は進んでいく人物の背中《せなか》を指差《ゆびさ》す。「何だよ？」

とダックは僕の背中を押しのけ通路《つうろ》の先を見た。

「……あっ!?」

ダックがこちらを見る。

「いまのってさ？」

足音は次第に小さくなり、やがて扉《とびら》が開く音と共《とも》に聞こえなくなった。

目をパチクリさせながらダックが呟《つぶや》く。

「お前と同室のやつだよな？」

のものだ。

薄暗《うすぐら》いため確信《かくしん》は持てないが、進んでいった人物は『レン』だった。あのフチなし眼鏡《めがね》は彼
「アイツって船内探検《せんないたんさく》をして遊《あそ》ぶようなキャラだっけ？」

「たぶん、そういうのはあんまり……」

「だよな。なんかこう、いつも斜《しゃ》に構《かま》えてる感じで。ちょっと、とっつきにくいとゆーか。俺《おれ》たちともあんま喋《しゃべ》んないし。それにどこ行くんだ？　……この先に何かあるのか？」

ここは立入禁止区域《たちいりきんしくいき》であり、当然《とうぜん》ながら乗客《じょうきゃく》に配付《はいふ》された船内図には記《しる》されていない。僕たちですら初めて入った場所だ。それにも関《かか》わらず、彼《レン》は何のためらいもなく、つまづきもせず進んでいった。

僕は彼《レン》が消えていった闇《やみ》に顔を向ける。ひんやりとした風が吹《ふ》いてきた。

「あ！」

僕はあることに気付いた。風が吹いてくるということは、この先には何か別の、空間《くうかん》のようなものがあるのだと。

（この先にあるもの——）

触《ふ》れてみたいけど、迂闊《うかつ》に触れてしまうのはとても危険《きけん》なことのような……僕はそんな感《かん》覚《かく》に陥《おちい》っていた。

「――行くか」

ダックが小さく呟《つぶや》いた。

「えっ？」

「ついてくんだよ、アイツにさ」

その目は新しい玩具《おもちゃ》を前にした子供のような目だった。

θ

そのころ、メイン制御《せいぎょ》ルームでは、二〇代半《なか》ばと思われる操舵手《そうだしゅ》が応答系統《おうとうけいとう》の確認《かくにん》作業《ぎょう》を行《おこな》っていた。

「――異常《いじょう》なし」

コンソールパネルのカーソルを〝ノーマル〟に移行《いこう》させ、今度は斜《なな》め上にあるヘッドアップディスプレイに目をやる。巡航中《じゅんこうちゅう》の『キング・オブ・ミーメニア号』のホログラフィが浮かび上がる。千分《せんぶん》の一スケールに縮小《しゅくしょう》された船の周《まわ》りには、レーダー用にディフォルメされた居住《きょじゅう》型《がた》コロニーや周辺《しゅうへん》の小惑星《しょうわくせい》などが映《うつ》し出されていた。

「──主翼及《しゆよくおよ》び左右エルロン、フラップ、尾翼《びよく》ラダー」

操舵手《そうだしゆ》は各項目《かくこうもく》のチェックしながら、慣《な》れた手つきで横一列《よこいちれつ》に並《なら》んだ表示《ひようじ》ランプを順々《じゆんじゆん》に押していく。

「──ともに正常可動《せいじようかどう》」

『ごくろうさま』

女性の声が室内に響《ひび》いた。「あ」と操舵手は顔をあげる。

「艦長《かんちよう》」

『この辺《あた》りまで来ると小惑星群《しようわくせいぐん》の影響《えいきよう》はほとんどないわね』

「はい。次の補給衛星《ほきゆうえいせい》までは自動操縦《そうじゆう》のみで問題《もんだい》なしです」

コーヒーが沸《わ》き立つデカンターに手を伸《の》ばしながら操舵手は応《こた》えた。

『では引き続き、確認作業《かくにんさぎよう》をお願《ねが》いね』

「了解《りようかい》です」

プツッと静《しず》かに通信《つうしん》が切れた。

「さて、あとは進路計《しんろけい》と宙域周辺図《ちゆういきしゆうへんず》か。…………ん?」

ホログラフィの中心に『unknown《アンノン》』の文字が表示されている。

「unknown《正体不明》?」

思わぬ表示に操舵手は身《み》を乗《の》り出す。それと同時に、操舵手は靴底《くつぞこ》に〝ビリッ〟と電気が走ったような違和感《いわかん》を覚《おぼ》えた。

（……なんだ？　いまの感覚《かんかく》は）

操舵手は航路《こうろ》前方のチェックを急ぐことにした。

θ

僅《わず》かな揺《ゆ》れを感じ、僕は立ち止まった。

「なんか……さっきから変じゃない？　揺れてるっていうか」

それは微弱《びじゃく》な電流が床《ゆか》を這《は》いずり回り、靴底《くつぞこ》にジリジリと響《ひび》いてくるような——そんな奇妙《きみょう》な震動《しんどう》だった。

「ン？　そうか？」

ダックは足元《あしもと》を確認するべく、膝《ひざ》に手を当てじっと床を見つめる。

「俺《おれ》は……………何も感じないけど？」

（気のせいかな？）

「エンジンルームが近いとか、そういうのじゃねぇの？」

「そう、かな」

「そんなことより早く先に進もうぜ。アイツ……レンだっけ？　見失《みうしな》っちまうぞ」

僕たちは足早《あしばや》に通路《つうろ》を進み始めた。その通路は普段《ふだん》僕たちが使っているものとは異《こと》なっており、人気《ひとけ》のない夜間《やかん》病棟《びょうとう》のようだった。

白く、長い一本道。明らかにおかしい。

先に見えるのは、ぼんやりと点《とも》るブルーのライトだけだ。それはまるで光の届《とど》かない深海《しんかい》へと進んでいくような感覚《かんかく》だった。僕は気をひきしめながら歩く。

突《つ》き当たりには見るからに頑丈《がんじょう》そうな扉《とびら》があった。潜水艦《せんすいかん》などにある密閉型《みっぺいがた》の扉に似《に》ている。

レンはこの扉を開け進んでいったのだ。

「じゃあ、開けるよ」

僕は鋼鉄《こうてつ》のレバーを握《にぎ》る。

重い。レバーが降りない。

「ん～っ」

「おっしゃ、俺も」

「んん～～～～～～っ!!」

ガクンッ。レバーが降りた。

恐《おそ》る恐る、僕たちは扉を押し開ける——。

「…………!?」

四方《しほう》に広がる真《ま》っ白《しろ》な空間《くうかん》。

そこには見たこともない形状《けいじょう》の巨大《きょだい》な乗《の》り物が並《なら》べられていた。

その圧倒的《あっとうてき》な光景《こうけい》に僕は一驚《いっきょう》の声も出なかった。

「…………」

「な、何なんだよ？　ここは!?」

「…………」

どう見ても異様《いよう》だ。受け入れ難《がた》い光景である。だが、僕の胸《むね》は不思議《ふしぎ》と高鳴《たかな》っていた。目の前に自分の知らない機体《きたい》が横たわっているのだ。しかも見るからにすごそうなハイスペック仕《し》様《よう》である。こんな機会《チャンス》、そうそうあるものではない。

僕は一歩《いっぽ》、一歩、前へ足を踏《ふ》み出した。

「お、おいっ。航一《こういち》っ」

空間全体にダックの声が反響《はんきょう》した。

「あぶねぇよ！」

「…………うん」

と、返事はしたものの、僕は歩《あゆ》みを止められなかった。

（宙域船《ちゅういきせん》……なのか？）

先端《せんたん》部分を見上げると、そこには一角《いっかく》クジラの頭のような突起《とっき》があった。その先には主翼《メインウイング》と思われる二枚の翼《つばさ》と着陸装置《ランディングギア》が見える。だが、あまりにも巨大《きょだい》な先端部分のため、その全容《ぜんよう》を確認《かくにん》することが出来《でき》ない。

もどかしい思いで僕は周囲《しゅうい》を見渡《みわた》した。

上部には何段《だん》にも渡ったキャットウォークが張り巡《めぐ》らされており、そのほか、大型の空気予熱機《エアヒーター》や機体《きたい》をすみやかに移動《いどう》させるための傾斜台《けいしゃだい》、天井《てんじょう》からはケーブルクレーンが下がっている。

（そうか！）

僕はようやくこの場所の意味がわかった。駆《か》け寄《よ》ってきたダックが僕の肩《かた》を掴《つか》む。

「おい、ここってさ。機体の修理《しゅうり》や燃料補給《ねんりょうほきゅう》をする場所だよな？」

「うん。ドック……だよね」

「どういうことなんだよ？　このドデカいブツは。こんな形の船、いままでに見たことないぜ？」

僕はバックからスケッチ用のノートＰＣを取り出す。目の前に横たわる機体の情報《じょうほう》を得《え》るためだ。そのとき――。

「あぁっ！」

ダックの叫《さけ》び声が大きく響《ひび》き渡《わた》った。

「どうしたのっ？」

身体《からだ》を翻《ひるがえ》し、ダックの元《もと》へと走る。

「あ、あれ！　見ろよ……っ！」

わなわなと震《ふる》えているダックの指先が遠くを差していた。僕はその方向に目を向ける。

（あれは……コスモ……スペース⁉）

そこには真っ黒で鋭角的《えいかくてき》な頭部を持つ『ＣＳ《コスモスペース》』と三メートルほどの砲台《ほうだい》がびっしりと並《なら》んでいた。

僕たちは顔を見合わせる。

考えていることは同じだった。この『宙域航海船《キング・オブ・ミーメニア号》』は民間《みんかん》の船なのだ。それ故《ゆえ》に僕たちや一般《いっぱん》の旅行者《りょこうしゃ》が乗《の》っている。……なのに、どうして。

（あんな兵器《へいき》が置いてあるなんて……）

――――次の瞬間《しゅんかん》。

ドスンッ、と足元《あしもと》に強い衝撃《しょうげき》が走った。

「うわあっ！」

僕たちはそのまま床《ゆか》に倒《たお》れ込んだ。

ゴゴゴゴ……ゴゴゴゴゴ…………。

地鳴《ちな》りのようなくぐもった震動音《しんどうおん》がドック全体に響《ひび》き渡《わた》っている。頭上のケーブルクレーンも振り子時計のように揺《ゆ》れていた。

「な、何の音？」

「く……っ」

立ち上がろうとしてもバランスが保《たも》てず四つん這《ば》い状態《じょうたい》のまま、床《ゆか》に踏《ふ》ん張る以外何も出来《でき》ない。僕は震動に耐《た》えながら、先程《さきほど》の兵器《へいき》に目を向けてみた。ぎゅうぎゅうにひしめき合っていた『ＣＳ《コスモスペース》』同士《どうし》の肩《かた》がぶつかり合い〝ガタガタ〟と音を立てている。その様子《さま》はまるで、敵意《てきい》を剥《む》き出しにした軍隊《ぐんたい》がいまにも動きだし、僕たちに攻撃《こうげき》を仕掛《しか》けてくるように見えた。

ウィ────────ン。

今度は耳を劈《つんざ》くような高い音が空間《くうかん》全体に響き渡った。非常時用《ひじょうじよう》のサイレンなのかは分からない。だが、どう考えても異常《いじょう》を知らせる音だ。

「こ、航一《こういち》。なんかマジにやばいよ……」

声が上《うわ》ずっている。ダックは完全《かんぜん》に腰《こし》が引けているようだった。けたたましいサイレンは一行《いっこう》に止む気配《けはい》がない。

「とにかく、ここは出よう！」

「お、おう」

僕たちは元《もと》来た道を目指し、震動の止まない床を進み始めた。

θ

艦橋《ブリッジ》に操舵手《そうだしゅ》からの通信《つうしん》が入った。

『unknown領域《りょういき》におけるガンマ線及《せんおよ》び重力値《じゅうりょくち》上昇《じょうしょう》！　平均値《へいきんち》より十三〇〇《プラス》！　し、しかしレーダーには何の熱反応《ねつはんのう》もありません！』

眉間《みけん》に皺《しわ》を寄《よ》せた女性艦長《かんちょう》が感情を抑《おさ》えたように指示《しじ》を出す。

「すべて手動に切り替《か》えて」

航海士《こうかいし》は機関制御装置《きかんせいぎょそうち》のボタンを解除《かいじょ》し、舵輪《だりん》を思いきり回した。

「どういうことなの？　Ｌ５まであと二時間足《た》らずの領域なのに」

「艦長《かんちょう》っ！」

メインオペレーターが声をあげた。

「レベル7《セブン》、警戒信号《けいかいしんごう》です」

『重力値増大《じゅうりょくちぞうだい》による影響値上昇《えいきょうちじょうしょう》！』

「左舷《さげん》、斜《なな》め右に正体不明《しょうたいふめい》の空間歪曲面《くうかんわいきょくめん》を探知《たんち》！」

「不連続面《ふれんぞくめん》のパルスです！　避《よ》けられません！」

探知レーダーにノイズが走った後、激《はげ》しい衝撃《しょうげき》が艦橋《ブリッジ》を襲《おそ》った。

「きゃあああああっ！」

足を掬《すく》われたかのように艦橋要員《ブリッジよういん》全員が倒《たお》れ込んだ。

『グラビディインパクト！　艦下部《かんかぶ》の○・四パーセント、圧壊《あっかい》の模様《もよう》！』

「……なんですって——。至急《しきゅう》、抑制装置《よくせいそうち》作動《さどう》させて。『CS《コスモスペース》』による補修活動《ほしゅうかつどう》も！」

「放射《ほうしゃ》プラズマの波《なみ》です！　歪曲リフレクションによる第二振動感知《しんどうかんち》！」

すぐさま女性艦長は機関士に向かい、指示《しじ》を出す。

「機艦急速旋回《きかんきゅうそくせんかい》、第二光子力《こうしりょく》エンジン、出力最大《しゅつりょくさいだい》に」

「か、艦長……」

「今度は何？」

「衝撃により、B階層《かいそう》の外壁《がいへき》の一部が破損《はそん》した模様です！」

「位置《いち》は？」

「第二五区画《くかく》から二〇にかけてです！」

「なんですって⁉」

ウイイイイイ————————ン。

それは先程《さきほど》のサイレンより長く、緊張感《きんちょうかん》を漂《ただよ》わせる音だった。

女性艦長は重く顔をあげる。そこに表示《ひょうじ》されたディスプレイには、逃げまどう研修生《けんしゅうせい》たちの姿《すがた》が映《うつ》し出されていた。

「ひっ！」と若《わか》いオペレーターが声をあげ、席《せき》を立ち上がる。

「どうしたっ？」

「あ、あそこに……ひ、人の腕《うで》が！」

「な⁉」

画面《がめん》の隅《すみ》に〝ちぎれた細い腕〟が映っていた。油《あぶら》のように黒くベットリとした血《ち》が巻《ま》き付いており、胴体《どうたい》部分は明らかにないようだった。他にも肉《にく》が削《そ》げ落ち、頬《ほお》が黒く焦《こ》げたピンク色の髪《かみ》の少女が倒《たお》れ込んでいる。

「直撃《ちょくげき》……したのか？」

誰《だれ》かが呟《つぶや》いた。

「第一五区画《くかく》って……確《たし》か、あの『子供たち』の部屋《へや》になってたんじゃ」

しん——と一同《いちどう》が静《しず》まる中、再《ふたた》び、通信《つうしん》が響《ひび》き渡《わた》った。

『昇降舵《エレベーター》部位のトリムタブ、破損《はそん》——』

「うそ……！　酸素《さんそ》造成室《ぞうせいしつ》のすぐ近く！」

オペレーターの一人が素早《すばや》くキーを叩《たた》く。

「艦長《かんちょう》！　このままでは約一四分後に、Ｂ階層及《かいそうおよ》びＣ階層全域《ぜんいき》の酸素が…………全て流出《すべ　りゅうしゅつ》します！」

女性艦長の額《ひたい》に玉《たま》のような汗《あせ》が流れる。

「艦長…………」

その場にいる乗務員《じょうむいん》の全てが固唾《かたず》を呑《の》み、女性艦長の指示《しじ》を待《ま》っていた。ディスプレイには、ばらばらと宇宙空間《うちゅうくうかん》に放り出されていく研修生《けんしゅうせい》たちが映《うつ》されている。

女性艦長はグッと拳《こぶし》を握《にぎ》り〝すくっ〟と立ち上がった。

「Ｃ階層以下、全《ぜん》ゲートを封鎖《ふうさ》！」

「えっ？」

「まだ人がいます！　子供達と一般《いっぱん》の……っ」

「被害《ひがい》は最小限《さいしょうげん》に食い止めなくてはなりません」

「し、しかし！」

「このままではこの船に乗《の》る全ての人間が減圧症《げんあつしょう》で死ぬことになります。――急ぎなさい」

女性艦長は斜《なな》め後ろにいた男に小さく呟いた。

「至急《しきゅう》、動き出したほうがいいと………リューウィン様《さま》に伝《つた》えて」

男はすぐさま通信機《つうしんき》のボタンを押す。

ガタンッ、と再《ふた》び艦橋《ブリッジ》に衝撃《しょうげき》が走った。

「第二震動《しんどう》、来ます！」

θ

激《はげ》しい衝撃音《おん》とともに僕は壁《かべ》に吹《ふ》っ飛んだ。

「う、ぐっ！」

「大丈夫《だいじょうぶ》か？　航一《こういち》！」

ゆさゆさと体を揺《ゆ》らされ、僕は起き上がる。

「う、うん……」

「わ、お前。額《ひたい》！」

「えっ？」

額に触《ふ》れてみる。ヌルッとした温《あたた》かい感触《かんしょく》――。掌《てのひら》を開くと指先《ゆびさき》が赤く染《そ》まっていた。激《げき》突《とつ》した壁《かべ》には果物《くだもの》が潰《つぶ》れたような跡《あと》が残っている。

「あ～～～～～、こりゃ絶対瘤《ぜったいこぶ》になるな。ホラ、これ巻《ま》いとけよ」

ダックは尻《しり》ポケットからクシャクシャのハンカチを取り出し、僕に差《さ》し伸《の》べた。

「ありがと」

この非常時《ひじょうじ》に不格好《ぶかっこう》などとは言ってられない。僕は額にハンカチをあて、キュッときつく縛《しば》った。

「もうすぐプロムナードの上に出るぜ！」

震動《しんどう》はやや収《おさ》まったが、どこかから何やらキナくさい匂《にお》いが漂《ただよ》ってきている。

（まさか、外は）

僕は不安な予感に苛《さいな》まれる。

何かが焼け焦《こ》げる匂いがどんどん強くなっていく。

ダックがドアノブを捻《ひね》る。

――――。

そこは朱色《しゆいろ》に染まった世界《せかい》に様変《さまが》わりしていた。

「燃えてる……!?」

下に見えるプロムナードの一部から炎《ほのお》が上がっていた。仕掛《しか》け時計にも火が及《およ》んでおり、長針《ちようしん》の先が〝くにゃり〟と曲《ま》がっている。店《みせ》の看板《かんばん》やオープンカフェのテーブルが炎上《えんじよう》し、黒煙《こくえん》を吐《は》いていた。

「なんで、こんなことに……隕石《いんせき》にでもぶつかったのか!?」

信じ難《がた》い光景《こうけい》を見つめながらダックが呟《つぶや》く。その目は呆然《ぼうぜん》としており、いまにも気力《きりよく》を失《うしな》いそうに見える。僕も炎の影響《えいきよう》なのか次第《しだい》に目が痛《いた》くなってきた──。

（とにかくここにいては駄目《だめ》だ！）

「外へ出よう！　ダック！」

僕はこのまま一気《いつき》に作業用通路《さぎようようつうろ》を抜《ぬ》けようとダックの腕《うで》を掴《つか》んだ。

カンカンカンカン──。

僕たちは火の粉《こ》が舞《ま》う通路を猛《もう》ダッシュで走り出した。

（みんなはどうなったんだろう──）

僕は足元《あしもと》に立ちはだかるパイプ管《かん》を飛び越《こ》えながら考えていた。

幾度《いくど》かの衝撃《しょうげき》。あれによる震動《しんどう》と音は尋常《じんじょう》じゃなかった。先程《さきほど》の〝隕石《いんせき》がぶつかった〟という説《せつ》はまんざら間違《まちが》いでもないのかもしれない。と、いうことは大なり小なり、船の一部が破損《はそん》しているはずだ。

（どこか安全な場所に避難《ひなん》していればいいけど）

と、そのとき——。

〝————っ！〟

僕は耳を疑《うたが》った。

〝航一《こういち》————っ！〟

誰《だれ》かが僕の名前を呼《よ》んでいる。前を行くダックも足を止めた。

「おい……どっからだ？」

パチパチと燃《も》える火の音により、どこから聞こえているのかがよくわからない。しかも声は何かに覆《おお》われたかのようにくぐもっている。

「下からっ？」

僕たちはプロムナードを覗《のぞ》き込んだ。だが人影《ひとかげ》は見当たらない。

「返事して————っ！　航一————っ！」

（この声は！）

僕は身《み》を乗《の》り出し、下に向かって思いきり叫《さけ》んだ。

「僕はここだーっ！　プロムナードの上、作業員用《さぎょういんよう》の通路《つうろ》にいるっ！」

声に反応《はんのう》したのか脇道《わきみち》から誰かが飛び出した。薄桃色《うすももいろ》のジャケット――立っているのは防煙《ぼうえん》マスクで顔を覆《おお》ったみずほだった。

「みずほっ！」

〝航一!?〟

周囲《しゅうい》をぐるっと見渡《みわた》したみずほはこちらの場所に気付いたようだった。大きく手を振っている。

「みずほ！　そこにいちゃ危《あぶ》ない！　早く、早く移動《いどう》するんだ！」

みずほの周辺《しゅうへん》にまだ火は回ってなかった。だが、そこから一〇〇メートルあるかないかの地点が燃《も》えている。飲食店《いんしょくてん》の連《つら》なる場所だ。何かの拍子《ひょうし》に爆発《ばくはつ》を引き起こす可能性《かのうせい》もある。が、
しかし――。

〝噴水《ふんすい》広場のほうにバート先生とローラン君《くん》がいるの――――！〟

みずほは手を振り、どこか安心したような声で叫んでいた。

「なっ！　何してんだよ！　逃げろって！」

〝えっ？　聞こえないっ？　何？〟

風向《かざむ》きと防煙マスクのせいだろうか？　はっきりとは聞こえてないらしい。僕はジェスチャ

ーで近くのゲートから脱出《だっしゅつ》することを促《うなが》すが。

再度《さいど》、激《はげ》しい衝撃《しょうげき》がプロムナードを襲《おそ》った。

「ぐわあっ！」

それは船全体《ふねぜんたい》が巨人《きょじん》の手に摑《つか》まれ、地面に叩《たた》き付けられたかのような、そんな揺《ゆ》れ方だった。

「い…………っ！」

尻《しり》の天辺《てっぺん》にパイプ管《かん》が直撃《ちょくげき》した。「骨《ほね》が砕《くだ》けたのか!?」と思う程《ほど》の痛《いた》みだった。だがそんなことはどうでもいい。僕はすぐさま立ち上がり、みずほの様子《ようす》を確認《かくにん》した。

（いない……どこだ？　あっち側《がわ》か？）

「…………っ！」

噴煙《ふんえん》の中、通りの中央《ちゅうおう》でうつ伏《ぶ》せになっている人影《ひとかげ》を見つけた。近くには防煙《ぼうえん》マスクが落ちている。

「みずほ、みずほっ!!」

——何度呼《よ》びかけても反応《はんのう》がない。みずほは〝ぴくり〟とも動かなかった。

僕たちは非常階段《ひじょうかいだん》でプロムナード内に降《お》り、みずほに駆《か》け寄《よ》った。

「みずほ！」と抱《だ》き起こし揺さぶってみる。だが、みずほは目を閉《と》じたままだった。近くには立て看板《かんばん》やこの船を象徴《しょうちょう》するモニュメントの一部が転《ころ》がっている。もしかしたら、みずほはこれのどれかにぶつかったのかもしれない。

「航一《こういち》！　息《いき》はあるか？」

僕はみずほの口元《くちもと》に顔を近付けた。僅《わず》かにだが頰《ほお》に息がかかる。

「うん……大丈夫《だいじょうぶ》みたい」

「おし。んじゃ、急ぐぞ」

そのとき――背後《はいご》から聞こえた耳を劈《つんざ》くような音に、僕たちは振り返った。そこには落下《らっか》した仕掛《しか》け時計の破片《はへん》が大量《たいりょう》に散《ち》らばっており、奥《おく》では勢《いきお》いを増《ま》した炎《ほのお》が轟々《ごうごう》と唸《うな》っていた。シアターの看板には火が燃《も》え移《うつ》り、出演者《しゅつえんしゃ》の微笑《ほほえ》む顔が溶《と》けかけている。その光景《こうけい》はとても現実《げんじつ》のものとは思えなく、まるで映画《えいが》のワンシーンか何かを観《み》ているようだった。

「うぐっ」

僕は口を覆《おお》った。

普通《ふつう》に呼吸《いき》が出来《でき》ない。

プロムナードは強力な空調《くうちょう》フィルターが取り付けられており、常《つね》にきれいな空気を保《たも》てると聞いたことがある。だが、今の事態《じたい》には何の役にも立たないらしい。頭がボウッとしていく。どんどん酸素《さんそ》が薄《うす》くなっていくのがわかる……。

（とにかくここにいてはまずい！）

僕は急いでみずほを背負《せお》った。

「ハア、ハア、ハア……」

僕たちはいちばん近いゲート目指《めざ》し、炎《ほのお》の中を走っていた。途中《とちゅう》、僕は剝《む》き出しになった配《はい》電盤《でんばん》らしきものを幾《いく》つも発見した。その全《すべ》てはコードが焼け焦《こ》げており、パチパチと小さな火《ひ》花《ばな》が散《ち》っている。

(あれが火事《かじ》の原因《げんいん》か)

おそらく、繰《く》り返し〝船〟を襲《おそ》った衝撃《しょうげき》により電子《でんし》回路《かいろ》がショートしたのだろう。

「航一《こういち》、八番だ！　あそこがいちばん近い！」

先を行くダックが叫《さけ》んだ。

直角《ちょっかく》に曲《ま》がった先、そこが八番ゲートだった。搬入《はんにゅう》用《よう》ゲートのためシャッターは降《お》りている。煙《けむり》のせいか目や咽《のど》が痛《いた》い。「ケホケホ」とむせ返りながら僕は『open』と印《しる》されたスイッチを押す。

——だが。

シャッターは開かなかった。愕然《がくぜん》とする。

スイッチを再度《さいど》押してみるが、シャッターは微動《びどう》だにしない。

(なんでだよ？)

「航一、どうした？」

今度は祈《いの》りを込めるかのように、長く、スイッチを押してみた。——が、結果《けつか》は変わらない。

「マジかよ………」

ダックが枯《か》れそうな声で呟《つぶや》いた。

炎は先程《さきほど》よりも激《はげ》しくなり、さまざまな場所に転火《てんか》している。黒い煙は天井《てんじょう》まで上昇《じょうしょう》し、著《いちじる》しく視界《しかい》を妨《さまた》げる。とても引き返すことはできない。

「確《たし》かこの先にもゲートあったよね？」

「でもコレと同じ搬入用のやつだぜ………？　もともと定休日《ていきゅうび》だったしな。電源《でんげん》が切られてるのかも」

「………………」

みずほの唇《くちびる》が白っぽくなっていることに気付いた。顔全体が蒼《あお》ざめているようだった。

考えている暇《ひま》はない。迷《まよ》っている分だけ〝死〟に近付くことになる——。

僕たちは一つの可能性《かのうせい》に賭《か》けることにした。

θ

「こっちは静《しず》かだな。煙《けむり》もきてないし」

外部での惨事《さんじ》が嘘《うそ》のようにそこは平穏《へいおん》なままだった。僕たちは先程《さきほど》のドックへと向かうため、再度《さいど》あの白く長い通路《つうろ》を進んでいた。ドックからなら別のルートで外に抜《ぬ》けられるかもしれないと考えたためである。

「よいしょ……っと」

背中《せなか》のみずほをグッと持ち上げる。

「大丈夫《だいじょうぶ》か？　俺《おれ》が春日《かすが》をおぶろうか」

「うん、大丈夫。…………全然《ぜんぜん》、へ、い、き」

僕は今日、初めてわかったことがあった。〝気絶《きぜつ》してる人間は重《おも》く感じる〟といった噂《うわさ》は本当なのだと。ダックは少しだけ笑い「先に扉《とびら》を開けてくるから」と走り出した。

（みずほ……）

僕は少しだけ顔を傾《かたむ》けた。微《かす》かな息《いき》を感じる。だが、掌《てのひら》に当たっているみずほの足は先程《さきほど》よりもひんやりとしているように思えた。

（もう少しだから――。あと少しで、みんなのところに出られると思うから――）

その言葉《ことば》はみずほに向けてでもあり、弱気《よわき》になっていく自分の心に対してでもあった。

（こんなところでヘコたれてたまるか……！）

僕は歯《は》を食いしばり、よろけそうな足元《あしもと》に気合いを入れ直した。


ドックにはまだ火が回ってないようだった。人の気配《けはい》もない。だが、大きく変わっているところがあった。床一面《ゆかいちめん》に地割《じわ》れでもしたかのような亀裂《きれつ》が入っているのだ。一部の『ＣＳ《コスモスペース》』はその裂《さ》け目《め》に落ち込み、体《ボディ》を横《よこ》たわらせている。

「探《さが》そうぜ。絶対《ぜったい》出口があるはずだから」

僕たちはドック内を進み始めた。見落としてしまった様々《さまざま》な設備《せつび》がある。一角《いっかく》クジラの頭のような突起《とっき》がある船の形もなんとなく把握《はあく》できた。やはり見たことのないデザインだ。外壁部《がいへきぶ》分《ぶん》には砲弾《ほうだん》を発射《はっしゃ》するための兵装《へいそう》が施《ほどこ》されている。他にも布《ぬの》に覆《おお》われた同じ形状《けいじょう》の船が数隻並《すうせきなら》んでいた。

（本当に、この装備《そうび》は……一体《いったい》何なんだろう）

こんな物々《ものもの》しい船や砲弾《ほうだん》を、誰《だれ》が、どの組織《そしき》が、エウロパに運《はこ》ぼうというのか。あそこは第三の地球《ちきゅう》にすべく、人類《じんるい》が期待《きたい》を寄《よ》せた場所《ほし》じゃないのか――。そのとき僕は何かが動くよう

な音を耳にした。周囲《しゅうい》を見渡《みわた》してみる。

（あそこだ！）

前方に見えるゲートらしき巨大《きょだい》な扉《とびら》が、微《かす》かに開き始めていた。ダックもそれに気付き、僕たちはとりあえず小型《こがた》の『宙域船《ちゅういきせん》』らしきものの影《かげ》に身《み》を潜《ひそ》めた。

巨大なゲートが開いていく。

その隙間《すきま》からは、眩《まばゆ》いばかりの強い光がこぼれている。

「あ…………」

ゲートが開かれた先――そこは長く、白いラインの伸《の》びたカタパルトだった。

また脇《わき》の扉からは黒い防具《ぼうぐ》に身《み》を包《つつ》んだ〝軍人《ぐんじん》〟と思《おぼ》しき人間が、わらわらと出てきた。一《いち》同《どう》は列《れつ》を為《な》し、謎《なぞ》の船へと向かっていく。

目の前で見るその迫力《はくりょく》に、僕とダックは声も出ない。

ゆっくりと船のハッチが開き、足並《あしな》みを揃《そろ》えた〝軍人〟たちが次々と乗《の》り込んでいく。

「!!」

そのとき僕は〝ハッ〟とあるものに注目《ちゅうもく》した。

〝軍人〟たちの中に奇妙《きみょう》な仮面《かめん》とマントを羽織《はお》った人物がいるのだ。背丈《せたけ》はそれ程《ほど》高くない。その横《よこ》にも数人、同じように仮面をつけた人物がいる。

（アリシア！）

僕は直感的《ちょくかんてき》にわかった。顔は見えないが、あの真《ま》ん中にいるのはアリシアだ。周囲《しゅうい》にいる者はおそらくリューウィンやもう一人いたグレーの男だろう。

（なんで仮面なんか……それにこの変な集団《しゅうだん》は…………）

僕はこの異様《いよう》な光景《こうけい》や先程《さきほど》からの出来事《できごと》に頭が混乱《こんらん》してきた。

船全体《ふねぜんたい》を揺《ゆ》らす衝撃《しょうげき》、非常用《ひじょうよう》のサイレン、燃《も》えているプロムナード、謎《なぞ》の『宙域船《ちゅういきせん》』、目の前を行く軍隊《ぐんたい》。中央《ちゅうおう》にいるアリシアと思われる人物。

（本当に何がどうなっているのかわからない）

次の瞬間《しゅんかん》――。

〝ズガアンッ〟といった強烈《きょうれつ》な爆発音《ばくはつおん》とともに僕の体は宙《ちゅう》に吹《ふ》っ飛んだ。

「ぐわあああぁぁ――っ！」

ダックの悲愴《ひそう》な叫《さけ》び声が聞こえる。

「ダック――――っ！」

床《ゆか》に放りなげられた僕は、全身《ぜんしん》の痛《いた》みを感じながら顔をあげた。

（………見えない!?）

何も見えない。咄嗟《とっさ》に僕は目をこするが、把握《はあく》できるのはノイズのような色が鏤《ちりば》められた世界《せかい》だけだった。ただビリビリとした感じが全身を駆《か》け巡《めぐ》っている。

「！」と僕は重大《じゅうだい》なことに気付く。

（みずほがいない…………！）

僕は手探《てさぐ》りで周囲を探《さが》す。空間《くうかん》を掻《か》き回すかのようにがむしゃらに腕《うで》を振《ふ》るが、何にも触《ふ》れることができない。

だが不思議《ふしぎ》と意識《いしき》だけはハッキリとしていた。

（僕は爆発に呑《の》み込まれたのか？）

寒いのか、熱いのか、それすらもわからない。

（…………）

少しだけ意識が遠のいてきた…………。

腕や足がじんわりと温《あたた》かい。だが実際《じっさい》には、凍《い》てつくような氷《こおり》の猛吹雪《もうふぶき》に触れているのかもしれない。

（これが死ぬってことなのかな）

僕はこの超越《ちょうえつ》された状況《じょうきょう》に全《すべ》てを任《まか》せたくなった。


――コウイチ。

誰《だれ》かが僕の名前を呼《よ》んでいる気がした。だが目が開けられない。

――コウイチ。

指先《ゆびさき》に何かを感じた。

優《やさ》しくてやわらかいものに、そっと触《ふ》れられたような……。次第《しだい》にそれは掌《てのひら》にも伝《つた》わってきた。

「…………！」

はっきりとは認識《にんしき》できないが

〝誰かと手を繋《つな》いでいる〟

そんな感覚《かんかく》だった。

それから僕は安心感《あんしんかん》と恐怖《きょうふ》を交互《こうご》に感じながら、ゆっくりと――光も闇《やみ》もない空間へと呑《の》み込まれていった。

θ

ちゃぷちゃぷ……といった音が耳元《みみもと》で聞こえる。

ひんやりとした感触《かんしょく》を掌に感じ、僕は目を覚《さ》ました。

「う、ん……」

まだ視界《しかい》がぼんやりしている。だがキラキラと、やけに眩《まぶ》しく輝《かがや》いていることだけはわかる。

全身《ぜんしん》が重い。

例《たと》えるなら長距離走《ちょうきょりそう》をした翌日《よくじつ》のような、そんな気《け》だるさだった。僕はこのまま眠《ねむ》りについてしまいたい気持ちになり、再《ふたた》び目を閉じる。だが、先程《さきほど》と同じ冷たい感触が腕《うで》まで伝わってきたため、僕はハッと目を開けた。

（水!?）

打ち寄《よ》せる波《なみ》に右腕がさらされていた。

ようやく瞳《め》の焦点《しょうてん》が定《さだ》まってくる。

そこに飛び込んできたものは、揺《ゆ》らめきながら光を反射《はんしゃ》させているエメラルドグリーンの水面だった。

「……っ!?」

一気《いっき》に眠気《ねむけ》が吹《ふ》き飛んだ。

一応《いちおう》ほっぺたを抓《つね》ってみたが普通《ふつう》に痛《いた》い。

夢《ゆめ》ではない。

僕は上体《じようたい》を起こし、周囲《しゆうい》を見回した。足跡《あしあと》ひとつない砂浜《すなはま》である。

指と指の間からは、サーッと泡《あわ》のような海水がスーッと引いていく。

軽い眩暈《めまい》に襲《おそ》われながら、僕はゆっくりと立ち上がった。

辺《あた》り一面《いちめん》を見渡《みわた》してみる。だが特別《とくべつ》なものは何もなかった。砂浜はこのままどこまでも続いていそうな勢《いきお》いである。

「何故《なぜ》こんな場所に一人でいるのだろう？」と僕は首を捻《ひね》る——と、そのとき、パアッと頭の奥《おく》のほうに悲痛《ひつう》な叫《さけ》び声が蘇《よみがえ》ってきた。背中《せなか》から伝《つた》わる温《ぬく》もりと重み、それが消えてしまったときの不安も思い出した。

（ダック、みずほ……！）

背筋《せすじ》に冷たい戦慄《せんりつ》が走る。

（そうだ、あのとき僕たちは）

謎《なぞ》のドックに逃げ込んだ後、激《はげ》しい揺《ゆ》れと衝撃《しようげき》に襲《おそ》われたのだ。

稲妻《いなづま》のような光の中で、僕はがむしゃらに手足《てあし》をバタつかせていたように思う。それは幼《おさな》い頃《ころ》、どこかで溺《おぼ》れそうになった状況《じようきよう》とよく似《に》ていた。苦《くる》しくて、ひたすらもがくものの、自分の力だけでは決《けつ》して水面には上がれなかったあの瞬間《とき》に……。

衝撃後のことは一切《いっさい》思い出せなかった。

辿《たど》っていこうにも何も出てこないのだ。記憶《きおく》の糸がそこで〝ぷつり〟と断《た》ち切られてしまったような、そんな感覚《かんかく》なのである。

そのとき〝ハラリ〟と目の前に何かが落ちてきた。足元《あしもと》を見ると〝くしゃくしゃ〟の布切《ぬのき》れが落ちている。

「！」

ダックのハンカチである。震動《しんどう》により壁《かべ》に額《ひたい》をぶつけてしまった際《さい》、彼が貸《か》してくれたものだった。

『Y・K』と流麗《りゅうれい》な書体《しょたい》で刺繍《ししゅう》が入っており、その上には赤茶色《あかちゃいろ》のシミが付着《ふちゃく》していた。

（僕の血《ち》だ……）

思い出したかのように、額の患部《かんぶ》に手をかざしてみる――まあるく膨《ふく》れた部分には鈍《にぶ》い痛《いた》みが残っていたものの、血はしっかりと止まっていた。

（ダック……）

僕はハンカチをポケットに仕舞《しま》いこみながら、よろよろと砂浜を進みだした。

しばらくの間、周辺《しゅうへん》を見て回ったが二人の姿《すがた》はどこにもなかった。

慣《な》れない砂の上は非常《ひじょう》に歩きづらく、また照《て》りつける陽《ひ》は容赦《ようしゃ》なく僕の背中を突《つ》き刺《さ》していた。

暑《あつ》い。ジャケットを脱《ぬ》いでもまだ暑かった。

僕はのろのろと顔をあげ、広がる全景画《パノラマ》を再度見渡《さいどみわた》してみる。

美《うつく》しいものへの純粋《じゅんすい》な感動《かんどう》なのだろうか？　胸《むね》に何かがこみ上げてくる。

押《お》し寄《よ》せる波《なみ》と青く澄《す》んだ海。それは映像《フィルム》の中でしか見たことのない光景《こうけい》だった。

いつものようにノートPCにこの瞬間《とき》を収《おさ》めたかった。だがそんなもの、当然《とうぜん》のように手元《てもと》にはない。

僕は完全《かんぜん》に孤独《ひとり》の状態《じょうたい》に陥《おちい》っていた。

気が付くと先程《さきほど》よりも侵攻《しんこう》してきている波が、つま先を濡《ぬ》らしている。

（ここにいても仕方《しかた》ない。とにかく二人を探《さが》そう）

埋《う》もれる足をなんとか引き上げながら、僕は進み始めた。


一〇分ほど歩いた頃《ころ》だろうか。

果《は》てしなく続くように思えた砂浜《すなはま》は消え、辺《あた》りには草木《くさき》が見え始めていた。けど、それ以外に見当たるものはない。

喉《のど》がカラカラだった。背中からは絞《しぼ》れる程《ほど》の汗《あせ》が吹《ふ》き出している。足がやたらと重いのは体力が減《へ》っている証拠《しょうこ》だろう。

僕は「思考《しこう》が停止《ていし》する前に」と、この奇妙《きみょう》な現状《げんじょう》についてさまざまな憶測《おくそく》を立ててみることにした。

まずはこの場所。ここは一体どこなのか？

美しい海と真《ま》っ白な砂浜。

陽射《ひざ》しは少々きついが、吹き抜《ぬ》けていく風は熱くはなく、むしろ爽《さわ》やかで心地《ここち》よい。こんな状況《じょうきょう》ではなくTシャツに短パンといった軽装《けいそう》で、スポーツドリンク片手《かたて》にまどろむことができたら——さぞや気持ちよいだろう。

そんなことを容易《ようい》に想像《そうぞう》してしまうくらい抜群《ばつぐん》の環境《かんきょう》なのだ。

僕はあることを思いつき、キョロキョロと砂浜や水平線《すいへいせん》を再確認《さいかくにん》し始めた。

（もしかしたらここはどこかの保養地型《ほようちがた》コロニーなのかもしれない。その一角《いっかく》にある人工《じんこう》ビーチとかで。ならば、きっとどこかにドアがあるはずだ）

ドアとは出入り口や非常口《ひじょうぐち》のことを指《さ》していた。遥《はる》か昔《むかし》、火星《かせい》を地球化するための『火星テラフォーミング計画《けいかく》』が成功《せいこう》し、それ以来この惑星改造技術《わくせいかいぞうぎじゅつ》は各研究用《かくけんきゅうよう》コロニーにも応用《おうよう》され、いつしか娯楽《ごらく》にも使われるようになっていた。それがこういった保養地型のコロニーとなり、太陽系内《たいようけいない》の行楽地《リゾート》として人気を呼んでいるのだ。

（それにちがいない！）

僕は妙《みょう》に形の整《ととの》った樹木《じゅもく》が生《お》い茂《しげ》っていることに気付いた。

（あそこだ！）

走りながら思う。きっとこの偽自然物《にせしぜんぶつ》の向こうは全て《すべ》舞台《ぶたい》の裏方《うらかた》のようになっており、人工《じんこう》の波《なみ》や風を起こす装置《そうち》で溢《あふ》れかえっているのだろうと。

僕は非常《ひじょう》ドアやホログラフィを解除《かいじょ》するスイッチがあることを期待《きたい》し、樹木《じゅもく》の裏《うら》を覗《のぞ》いた。

だがそこは——ただの茂《しげ》みだった。目標《もくひょう》とするものは何も見当たらない。

肩《かた》を落とし僕は木陰《こかげ》に座《すわ》り込む。

(あるわけないか。…………だよな)

正直《しょうじき》なところ、心のどこかで「ドアもスイッチもない」と思っていた。それは思いきり重《じゅう》要《よう》な部分をわざと考えないようにしていたからである。

どういう形にしろ、この場所に自分一人だけしかいないという状況《じょうきょう》がおかしいのだ。

他の研修生《けんしゅうせい》や先生、一二〇〇〇人余《あま》りの乗船客《じょうせんきゃく》はどこに行ったのだ？

何らかの事情《じじょう》で『宙域航海船《キング・オブ・ミーメニア号》』が爆発《ばくはつ》を起こしたとしよう。では、その破片《はへん》は？　一キロ以上にも及《およ》ぶ人類最大《じんるいさいだい》の『宙域船《ちゅういきせん》』だ。エンジンもバルブもかなりの大きさのはずだ。でも欠片《かけら》一つ見当たらない。それどころかネジ一本すら転《ころ》がっていない。

(何なんだ？)

急に頭がパニックになってきた。

(なんで僕だけがここにいるんだ!?　どうして何も落ちてないんだ!?)

目覚《めざ》めたときはまだ状況を把握《はあく》できず、ボーッと海など眺《なが》めてしまったが、そんな悠長《ゆうちょう》なことをしていられる事態《じたい》ではなかった。

額《ひたい》から大粒《おおつぶ》の汗《あせ》が流れ落ちる。

(本当にここはどこなんだ？　テラフォーミングされたどこかのコロニーなのか？　もしかして木星圏《もくせいけん》の衛星《アドラステア》だったりするのか？　……そうか、海を作る予定だって木星開発事業団《かいはつじぎょうだん》の人が言ってたし)

現実《げんじつ》を認《みと》めたくない気持ちからか、次から次へと現情《げんじょう》を正当化《せいとうか》する考えが浮かんできた。だが虚《むな》しくも、いま自分が並《なら》べ立てている考えに、おそらく当たっているものはひとつもないだろう。僕自身《じしん》どこかでそれを悟《さと》っていた。

そのとき混乱《こんらん》する僕の頭にパアッと、ある単語《たんご》が浮かんできた。

――地球《ちきゅう》!?

(まさか？　まさかそんなわけない)

僕はすぐさまその説《せつ》を打ち消した。

確《たし》かに、かなり昔《むかし》の美《うつく》しい海があった頃《ころ》の地球はこんな感じだったはずだ。だがそれはあくまで過去《かこ》の話だ。それに『宙域航海船』に衝撃《しょうげき》が走った場所は、地球から約四〇〇〇〇〇〇〇km離《はな》れた宙域なのだ。どうやったら一瞬《いっしゅん》にして地球に戻れるというのだ？

第一、あの星《ほし》にはもう青い海は存在《そんざい》しない。汚染《おせん》によって人類《じんるい》に見捨《みす》てられた『黒い星』なのだ。

(何、突拍子《とつぴようし》もないこと考えてんだ、僕は)

——と、そのとき後ろのほうから何か物音《ものおと》が聞こえた。

ガサガサ……と葉《は》っぱがこすれる音のようだ。

僕はすぐさま立ち上がり、音の聞こえた方向をじっと見つめた。

だが誰《だれ》もいない。あるのは鬱蒼《うつそう》とした木々だけである。

ガサガサ……ともう一度同じ音が聞こえる。

(人がいる?)

心が跳《は》ね上がった。乗船客《じようせんきやく》の誰かだったらものすごく嬉《うれ》しい。

「あの、誰か……そこにいたりしますか?」

期待《きたい》と不安が入り混《ま》じる気持ちで僕は続けた。

「船に乗《の》ってた人ですか?」

二〇秒《びよう》くらい待《ま》ってみたが返答《へんとう》はなかった。

(乗船客じゃないのかな……)

〃ごくり〃と固唾《かたず》を呑《の》みこんだ僕は、恐《おそ》る恐る音のほうへと近づいていった。

そこは薄暗《うすぐら》い森だった。

いや、森という言い方はどこかニュアンスが違《ちが》う。捻《ねじ》れながら空へと伸《の》びる木。そこから垂《た》れ下がる無数のツタ。密林《みつりん》と言ったほうがイメージに近い。

奥《おく》のほうからまたあの葉のこすれる音が聞こえる。だが今度はザッザッと断続的《だんぞくてき》である。

〝ちらり〟とだけ、密林の奥へ何者《なにもの》かが進んでいく姿《すがた》が見えた。どうやら長身《ちょうしん》の男の人のようである。

（やっぱり人だった！）

僕は猛《もう》ダッシュで足音の後を追う。

「すいません！　ちょっと、あの……僕、『宙域航海船《キング・オブ・ミーメニア号》』に乗っていた学生です！」

相手《あいて》の進む速度《そくど》は一定《いってい》だった。僕の声に動じた気配《けはい》はなく……かといって逃げているわけでもないようだ。変わらないリズムでザッザッと進み続けている。

しかし、人であるなら呼《よ》びかけに答えないというのはどういうことなのか？　こんな状況《じょうきょう》だ。乗船客であるならこんな境遇《きょうぐう》にある者同士《どうし》、真《ま》っ先に手を取り合おうとするのが普通《ふつう》ではないだろうか。

這《は》いずるように伸びた根茎《こんけい》を避《さ》けながらそんなことを考えていた。

奥に進むにつれて周囲《しゅうい》は一段《いちだん》と薄暗くなっていた。

相当数《そうとうすう》の樹木《じゆもく》が生《お》い茂《しげ》っているため、直射日光《ちよくしやにつこう》が下まで届《とど》いていない。コケの生《は》えている岩《いわ》もある。

急に身震《みぶる》いがした。

砂浜《すなはま》に比《くら》べだいぶ気温が低いようだ。

汗《あせ》でびっしょりになったTシャツは背中《せなか》にペッタリと貼《は》りついており、それがまた寒気《さむけ》を倍《ばい》増《ぞう》させている。

僕は乱《みだ》れた呼吸《こきゆう》を整《ととの》えるため、一旦《いつたん》その場に足を止めた。

振り返り歩いてきた軌跡《みち》を確認《かくにん》するが……そこはもう〝どんより〟とした暗闇《くらやみ》になっていた。

砂浜の明るい色はもう見えない。

僕は自分の置かれた状況《じようきよう》を危惧《きぐ》し始めた。

（このまま先に進んで行ったはいいけど、追っていった相手を見失《みうしな》ってしまったら……。その上、来た道にも戻れなくて、一人きり密林《ここ》を彷徨《さまよ》って。あげくの果《は》て猛獣《もうじゆう》にでも襲《おそ》われたりしたら……）

——最悪《さいあく》の展開《てんかい》である。

いつの間にか、ガサガサッと進む音も聞こえなくなっていた。

僕は全《すべ》ての希望《きぼう》を失ったかのようにガックリとうな垂《だ》れる。そのとき。

「…………あ！」

下を向いたのが幸《さいわ》いだったようだ。

土の上に足跡《あしあと》らしきものがある。てんてんてん……と先のほうまで続いている。

僕の心に小さな晴《は》れ間《ま》が差《さ》してきた。これを辿《たど》っていけば、とりあえず相手《あいて》を見失うことはないはずである。僕は気を取り直し、再び前へと進もうとした……が、何かがおかしかった。

まず初めにサイズが異様《いよう》に大きいのだ。バスケットボール選手《せんしゅ》の足裏《あしうら》が何センチか定《さだ》かではないが、それを優《ゆう》に越《こ》しているように思う。

僕は蟻《あり》の行列《ぎょうれつ》でも観察《かんさつ》するかのように、更《さら》に地面へと顔を近づける。

変わった模様《もよう》が入っていた。例《たと》えるなら幾何学的《きかがくてき》な図形《ずけい》がいくつも重なったような不思議《ふしぎ》なパターンだ。

「スニーカーの底面《そこめん》か?」と一瞬《いっしゅん》思ったが、なんとなくそうではない気がする。

また形状《かたち》も少しおかしかった。

一見《いっけん》、普通《ふつう》の足型《あしがた》のように思える。だが、よく見ると全体的《ぜんたいてき》に角《かく》ばっており、先端《せんたん》部分に数本の切れ込みが入っているのだ。

様々《さまざま》な角度《かくど》から見てみたものの、形状《かたち》の謎《なぞ》は解明《かいめい》できなかった。

(こうやって見ていても仕方《しかた》ない。とにかくコレの後を追っていこう)

僕は気合いを入れ直すため、頰《ほお》を二、三度叩《たた》き、再び前へと進みだした。

しばらく足跡《あしあと》を追っていくと、樹木《じゅもく》が少ない草《くさ》やぶへと辿《たど》りついた。

伸《の》び放題《ほうだい》の草は僕の背丈程《せたけほど》あり、とてつもなく視界《しかい》が悪い。足元《あしもと》も見え辛《づら》く、沼地《ぬまち》などがあってもわからない状態《じょうたい》だ。このまま進んでいくのはかなり勇気《ゆうき》のいる場所だった。

（この先はさすがにまずいんじゃないか？　でも……）

草やぶには相手の進んでいった痕跡《こんせき》がはっきりと残っていた。草を薙《な》ぎ倒《たお》し、進んでいった跡《あと》が真《ま》っ直《す》ぐな道を作っている。

（ここまで来たんだ。だったらトコトン行ってやる……！）

躊躇《ためら》いながら僕は草やぶに足を踏《ふ》み入れた。

だが、歩行《ほこう》は思っていたよりラクだった。相手の付けた足跡の上をうまく辿っていけばいいのだ。ただ歩幅《ほはば》が相当《そうとう》広いため、僕は大股開《おおまたびら》きで進まねばならず、その動作《どうさ》は奇妙《きみょう》なダンスでもしているかのようだった。

先程《さきほど》に比《くら》べ陽《ひ》は随分《ずいぶん》と翳《かげ》っており、時間が経《た》ったことを思わせる。

（一体《いったい》どこまで続くんだ……）

「ふう」と額《ひたい》の汗《あせ》をぬぐい空を仰《あお》ぐ——と、そのとき僕は目を疑《うたが》った。先のほうで何か光っているものが見えたのだ。強いブルーの光である。それは見覚《みおぼ》えのある艶《あで》やかなブルーだった。

（まさか、あれは⁉）

僕はすぐさま走り出す。

光の正体《しょうたい》は——僕のノート型《がた》PCだった。

バッと駆《か》け寄《よ》り、液晶画面《えきしょうがめん》を確認《かくにん》する。そこには授業中《じゅぎょうちゅう》にこっそり落書《らくが》きをしていたロボットのCGが小さく表示《ひょうじ》されていた。

(間違《まちが》いない……僕のPCだ……)

それはいつも手元《てもと》に在《あ》ったツールで、特別《とくべつ》な意識《いしき》を持って使っているものではなかった。だが、今はひどく懐《なつ》かしく、この場に在《あ》ってくれることが嬉《うれ》しい。この世界《せかい》に来て初めて自分の知っているものに出会えたのだ。

キーボードに降《ふ》りかかった土を丁寧《ていねい》に掃《はら》う。すると〝フィン〟と小さな電子音《でんしおん》が鳴《な》り響《ひび》いた。

メールを受信《じゅしん》した際《さい》の音である。

「メール?」

隅《すみ》っこにある受信マークが点滅《てんめつ》していた。

「誰《だれ》から?」

僕は即座《そくざ》にメールを開いた。

(no subject)

ソウマハ　イマ　ドコニイルノ?

ハヤクシナイト。

ダメ。

キエナイデ。

モウスコシダケ。

シアワセ？

メールにはそう書かれていた。

タイトルは空欄《くうらん》のままで、送信者《そうしんしゃ》の名前も返信先《へんしんさき》アドレスもない。

（〝ソウマは、いま、どこにいるの？　早くしないと。だめ、消えないで、もう少しだけ、幸せ？　何だ、これ……）

そのまま順通りに読んでいっても文章《ぶんしょう》にならず、意味がわからない。奇妙《きみょう》な響《ひび》きのソウマは、もしかしたら誰《だれ》かの名前なのかもしれないが。

（でもどうしてこんな場所で、僕宛《あ》てにメールが届《とど》くんだ？）

疑問《ぎもん》ばかりが頭を巡《めぐ》っていた。——と、そのとき急に液晶画面《えきしょうがめん》が暗くなった。大きな影《かげ》が頭上から差《さ》し掛《か》かってきたのだ。

ハッと僕は顔をあげる。

「!!」

そこには三メートルはあろうかという巨大《きょだい》な人型《ひとがた》のシルエットがあった。

逆光《ぎゃっこう》のためその細部《さいぶ》はよく見えないが、恐《おそ》ろしく鋭敏《えいびん》な突起《とっき》が肩《かた》から伸《の》びているようだった。ダラリと下がった腕《うで》は地面すれすれまで長く、背中《せなか》は猫背《ねこぜ》のように曲《ま》がっている。

「な、な……っ」

あまりの恐怖《きょうふ》のため足が動かない。巨大な人型も静止《せいし》したままだ。

（何なんだ、この人のような形の物体《ぶったい》は！）

おずおずと怯《おび》えながら、僕はその巨体をゆっくりと見上げる。頭部《とうぶ》は角材《かくざい》の先端《せんたん》のようで不《ふ》自然《しぜん》なまでに四角い。

逃《に》げ出したい。だが足がすくんでおり、言うことを聞いてくれない。

次の瞬間《しゅんかん》、また信じられないようなことが起こった。

ギギギッ、と激《はげ》しくこすれ合う金属音《きんぞくおん》が鳴《な》り響《ひび》いたと同時に、目の前にいた巨大な人型の腹《ふく》部《ぶ》が崩《くず》れ落ちたのだ。

「うわあっ！」

僕は四つん這《ば》い状態《じょうたい》で草むらに逃げ込んだ。

下半身《かはんしん》から上半身へと崩れ出す人型。その各パーツは次々に地面へと転《ころ》がり落ちる――。

突然《とつぜん》の出来事《できごと》に僕は声も出なかった。

最後に頭部が僕の足元《あしもと》に転がってきた。

ギョッとそれを見る。目のような部分に微《かす》かなオレンジ色の光《ライト》が灯《とも》り、ボワンと数回、瞬《まただ》き

でもするかのように点滅《てんめつ》していた。その後、光は静《しず》かにフェードアウトしていき、目は真《ま》っ黒になった。

僕はたじろぐ。

それは僕に対し、何か重要《じゅうよう》なサインを送っているように思えたからである。

それから巨大《きょだい》な人型《ひとがた》はピクリとも動かなくなり、完全《かんぜん》に停止《ていし》したようだった。

しばらくの間、僕は呆然《ぼうぜん》と崩《くず》れた人型を見ていた。


ようやく気を取り戻した僕はゆっくりと立ち上がり、落ちている肩《かた》のパーツに近づいてみた。頑丈《がんじょう》そうな表面である。金属《きんぞく》でできているのだろうか？

先のほうにも細《こま》かい止め具《ぐ》のようなものが多数、転《ころ》がっていた。あの人型が落としていったものなのだろうか？

そっと拾い上げてみる――が、突如《とつじょ》、止め具はボロボロと突然《とつぜん》崩れ去《さ》ってしまった。

長年、ここにあったため風化《ふうか》してしまったのだろうか？　そんなことを考えながら僕は周囲《しゅうい》を見渡《みわた》す。

そのとき僕の体に電流《でんりゅう》が流れたような衝撃《しょうげき》が走った。

数メートル先の草むらの中に小さな囲い《ドーム》のようなものが見える。その中からは薄紫色《うすむらさきいろ》の長い髪《かみ》が、たおやかにこぼれ落ちていたのだ。

僕は大慌《おおあわ》てで囲い《ドーム》に近づき、そっと中を覗《のぞ》きこんだ。

「……えっ⁉」

そこには膝《ひざ》を抱《かか》えるかのように小さく丸《まる》まっている女の子がいた。

透《す》きとおる素材《そざい》の衣服《いふく》からは細く白い腕《うで》が伸《の》びている。眠《ねむ》っているのか、瞳《め》は閉じており、僅《わず》かに開いている唇《くちびる》はほんのりとした桜色《さくらいろ》である。

そして周《まわ》りには茶色く錆《さ》びついた真《しん》ちゅうや鉄板《てっぱん》がきれいに並《なら》べられており、それはまるで鉄屑《てつくず》のベッドのようだった。

僕は目の前にある信じがたい光景《こうけい》に、ただ、言葉《ことば》を失《うしな》ってしまった。

「…………」

樹木《じゆもく》の影《かげ》が折《お》り重なるように地面に長く伸びている。海岸《かいがん》にいた頃《ころ》に比《くら》べ、だいぶ陽《ひ》が傾《かたむ》いていた。

僕は呆然《ぼうぜん》とその場に立ちつくしていた。真正面《ましようめん》から飛んできたボールが脳《のう》ミソに直撃《ちよくげき》したかのようだ。次第《しだい》に心音《しんおん》が早くなる。僕はそんな胸部《きようぶ》をグッと押さえつけ、深呼吸《しんこきゆう》を繰《く》り返した。

（人形……じゃないよな）

その体勢《たいせい》はなんとなく胎児《たいじ》を思わせた。華奢《きやしや》な肩《かた》が小さく揺《ゆ》れており、口からは僅《わず》かに寝息《ねいき》が漏《も》れている。

僕は遠慮《えんりよ》がちに女の子に顔を近付けた。

ドクン――。

再《ふたた》び胸《むね》が高鳴《たかな》った。

雪《ゆき》のように白く透明感《とうめいかん》のある肌《はだ》。細く伸びた鼻筋《はなすじ》。頬《ほお》は微《かす》かに上気《じょうき》しており、血《ち》が通っていることが見てとれる。

そして何故《なぜ》だかわからないが、不思議《ふしぎ》な懐《なつ》かしさを感じる――。

僕は思わず、

「きれいだな」

そんな言葉を発してしまった。その姿《すがた》はまるで童話《どうわ》かゲームに登場《とうじょう》する姫君《ひめぎみ》みたいなのだ。

だが彼女を囲《かこ》むものは、花でも宝石《ほうせき》でもなく、ザラザラに錆《さ》びついた鉄屑である。それは周囲《しゅうい》にも及《およ》んでおり地面を錆色《さびいろ》に変色《へんしょく》させていた。まるで長時間この場所に置きざりにされていたかのようである。

ふと見ると女の子の襟元《えりもと》は大きく開いており、隙間《すきま》から柔《やわ》らかそうなふたつの膨《ふく》らみが見えていた。

「はわっ」と僕は慌《あわ》ててそこから目を逸《そ》らす。

生まれて初めて本物の、女の子の胸を見てしまった。

顔全体が熱い。きっと赤くなっているに違《ちが》いない。

そのせいなのか、胸の高鳴りはなかなか治《おさ》まらない。だが代《か》わりに、先程《さきほど》までの不安や孤独《こどく》感は暗雲《あんうん》の去《さ》った空のように心から消えていた。

そのとき、不意《ふい》に何かが目に飛び込んできた。

いちばん手前の鉄板《てっぱん》にプレートのようなものがはめ込まれている。汚《よご》れと腐食《ふしょく》により何が描《か》かれているかはわからないが、微《かす》かに文字のようなものが読みとれる。僕はプレートの表面《ひょうめん》を手でこすってみた。刻《きざ》み込まれたアルファベットが徐々《じょじょ》に浮かび上がってくる。

僕は息《いき》を呑《の》んだ。

「スペース……リウム!?」

プレートには『Spacerium《スペースリウム》』と書かれていた。

『スペースリウム＝宇宙観賞《うちゅうかんしょう》ルーム』。

『宙域航海船《キング・オブ・ミーメニア号》内に付設《ふせつ》された施設《しせつ》の名前である。旅行者《りょこうしゃ》が星《ほし》を眺《なが》めるために造《つく》られたガラス張りのホールで、あの船にしかない特別《とくべつ》な施設だった。宇宙《うちゅう》に初めて旅立《たびだ》った日、スペースリウム《そこ》に辿《たど》り着けなくて、みずほと二人、船内《せんない》を彷徨《さまよ》った覚《おぼ》えがある。

でもどうしてその名が、これに刻まれているのだ？　こんな何年もの間、置《お》き去《ざ》りにされていたかのようなものに。

おかしい。

僕がこの奇妙《きみょう》な世界《ばしょ》に辿り着いたのは、ほんの数時間前なのだ。それなのに船の一部《パーツ》と思われるプレートがこれ程《ほど》までに磨耗《まもう》しているとは――。

僕は慌《あわ》てて自分の体をまさぐってみた。

（変わりない）

あの強烈《きょうれつ》な光に呑み込まれたときのままだ。額《ひたい》にはあのときの傷《きず》が回復《かいふく》せずに残っている。

（どういうことなんだ）

僕はボロボロに欠《か》けたプレートを触《さわ》りながら現状《げんじょう》を整理《せいり》しようと考え始めた――が、それを打ち破《やぶ》ったのは聞きなれない電子音《でんしおん》だった。僕は〝びくり〟とし、すぐさまノートＰＣに目をやった。何やら画面《がめん》が奇妙な色に変わろうとしている。僕は即座《そくざ》に駆《か》け寄《よ》った。

見ると全《すべ》ての表示《ひょうじ》が大きく歪《ゆが》み始めていた。

「何だ……これ⁉」

ブルーだった画面が灰色《はいいろ》へと変化していく。画面中にいた落書《らくが》きのロボットは勝手《かって》に歩き始め、全てのアイコンが点滅《てんめつ》を繰《く》り返していた。まるでシステムダウン寸前《すんぜん》のような騒《さわ》ぎだ。

「おい！　いきなりどうしちゃったんだよ⁉　……ん⁉」

再《ふたた》び受信《じゅしん》マークが回転《かいてん》していた。

（またメールが⁉）

随分《ずいぶん》と重たいメールだった。なかなか送られてこない。特大《とくだい》の画像《がぞう》でも添付《てんぷ》されているのだろうか？

じれったい。

待《ま》ちわびた僕は何気《なにげ》なく囲《ドーム》いのほうに目を向けた。女の子は変わらぬ体勢《たいせい》のまま瞳《ひとみ》を閉じている。

ここでしばらく待っていれば彼女は目を覚《さ》ましてくれるのだろうか？　そして僕に、この不《ふ》可思議《かしぎ》な状況《じょうきょう》やこの世界《せかい》のことを教えてくれるのだろうか？

そんなことを考えながら、僕は期待《きたい》と不安が入り混《ま》じる想《おも》いでメールが受信《じゅしん》されるのを待ち続けていた。

四、五分経《た》った頃《ころ》だろうか、ようやく受信音が鳴《な》り響《ひび》いた。

（テア）

――ハヤク、

――ボクヲ、

――サガスンダ。

――クルシイ、イタイ。

――イタイヨ、テア。

差出人《さしだしにん》の欄《らん》はまたもや空白《くうらん》だ。ただ、先程《さきほど》のものよりかなりわかりやすい内容《ないよう》である。

件名《タイトル》は――テア。文末《ぶんまつ》にも書かれている。

「テア」

小さく声に出してみた。

何だろう。胸《むね》をくすぐるような心地《ここち》良《よ》い響きに聞こえる。

受信したメールにはファイルが添付《てんぷ》されていた。僕はＰＣ生命《せいめい》の危機《きき》を感じながらも、慎重《しんちょう》にカーソルを移動《いどう》させファイルを開いた。

画面《がめん》いっぱいに表示《ひょうじ》される鮮明《せんめい》な動画《どうが》。

それは広く薄暗《うすぐら》い空間《くうかん》だった。

回廊《かいろう》のような場所である。

左右には無数《むすう》の灯火《とうか》がユラユラと蠢《うごめ》いており、脇《わき》には野太《のぶと》い支柱《しちゅう》が何本も連《つら》なっている。また天上《てんじょう》には稲妻《いなづま》のような光《フラッシュ》が走り、激《はげ》しく空間全体に放射《ほうしゃ》されていた。

そしてこの動画全体はまるで〝水槽《すいそう》の中〟から見ているようなのだ。ビー玉程《だまほど》と思われる気《き》泡《ほう》が、定期的《ていきてき》に上昇《じょうしょう》し画面を遮《さえぎ》っていく。

圧倒的《あっとうてき》なビジュアルに僕は慄《おのの》いていた。すると――。

バチンッ。

「い……っ」

突如《とつじょ》、指先に衝撃《しょうげき》が走った。何かに弾《はじ》かれたような痛《いた》みだ。僕は反射的《はんしゃてき》に右手を確認《かくにん》した。

焦《こ》げた匂《にお》いが鼻をかすめる。

人差し指の先端《せんたん》が黒くすすけていた。

どういうことだ？　キーボードの先から電流でも走ったというのか？

そのとき——斜《なな》め後方《こうほう》から甲高《かんだか》い声が響《ひび》き渡《わた》った。


「アル兄様《にいさま》！」


「えっ？」

立ち上がった女の子がこちらを見ていた。

その瞳《ひとみ》は生気《せいき》溢《あふ》れる輝《かがや》きに満《み》ちており、口元《くちもと》を僅《わず》かにほころばせている。

「……お、起きた!?」

僕は目が点《てん》になる。

「アル兄様っ！」

すると女の子は鉄屑《てつくず》のベッドから軽やかに舞《ま》い降《お》り、いきなり僕に飛びついてきた！

「うわあああああっ」

「会いたかった！　アル兄様！」

（はあっ⁉）

　ガバッ。

　女の子は僕の胸《むね》に顔をうずめ、そして赤《あか》ん坊《ぼう》のように滑《なめ》らかな肌《はだ》を強く僕に押し当ててきた。

　だがその勢《いきお》い余《あま》ってか、羽衣《はごろも》のような衣服《いふく》が〝するり〟と脱《ぬ》げ、肩《かた》から滑《すべ》り落ちそうになっている。

「うわ〰〰〰、ちょっとちょっとちょっと待《ま》って！」

　僕は衣服が落ちないようにと、女の子の両肩を押さえた。

「アル兄様………っ」

（違《ちが》う！）

　僕の胸で女の子は泣きそうな声になっていた。グスッと鼻をすすっている――涙《なみだ》ぐんでいるらしい。

　彼女にとって今は〝感動の再会《さいかい》シーン〟というところだろう。それはものすごくわかるのだが……。完璧《かんぺき》に人違いである。

　僕は〝アル兄様〟とやらじゃない。

「あの……」

　僕はさりげなく、乱《みだ》れた襟《えり》ぐりを正しい位置《いち》に戻しながら女の子の顔を覗《のぞ》き込んだ。

「あのさ、聞いてほしいんだけど。僕は……」

「はい！」

女の子はきらきらした瞳《ひとみ》で僕を見上げ、ちょこんと首を傾《かし》げた。その仕草《しぐさ》に僕の心臓《しんぞう》は飛び上がった。

眠《ねむ》っていたときよりも数倍《すうばい》は美《うつく》しい。いや〝可愛《かわい》らしい〟のほうが適切《てきせつ》な表現かもしれない。眩《まばゆ》く紅《あか》い輝《かがや》きを放つクルンとした瞳。いちだんと色艶《いろつや》が増《ま》した頬《ほお》は、ほんわりとしたピンク色に染《そ》まっている。

そして真《ま》っ直《す》ぐと僕に向けられた満面《まんめん》の笑《え》み——思わず見入ってしまった。だがすぐさまフルフルと首を大きく振り、僕は彼女に向き直った。

「僕は君《きみ》のお兄《にい》さんじゃない」

「？」

「僕は相沢航一《あいざわこういち》」

「アル兄様？」

女の子は「どうしたの？」と言わんばかりに、更《さら》に顔を寄《よ》せてきた。

瞳の輝度《きど》が少しかげった。

やめてくれ、ドキドキするじゃないか。

「あ〜〜〜！　だから、えっと……。話すと長くなるから、いまは省略《しょうりゃく》するけど……。僕はホントに君のお兄さんじゃない。相沢航一なんだ」

名前だけ再度《さいど》強調《きょうちょう》した。

「……アル兄様」

悲しげな声を出し、女の子は納得《なっとく》できないといった様子《ようす》で僕から離《はな》れた。

「……そう、忘れちゃったのね、私のこと。兄様、私、テアよ」

テア!?　メールの件名《タイトル》だ。

（そうか、この女の子がテアなのか）

僕は取り繕《つくろ》うようにテアに近寄《ちかよ》った。

「あの、テア、さん。僕をよく見てほしいんだけど」

「………………」

「そのお兄さんって人と僕の顔は違《ちが》うだろ？　ほら、背格好《せかっこう》とかだってさ」

両腕《りょうて》を広げ僕はめいっぱいその違いをアピールしてみる。そんな僕をテアはジイッと見つめていた。そして少しの間の後〝ぼそり〟と呟《つぶや》いた。

「………………だってアル兄様と同じ〝香《かお》り〟がするもの」

（!?）

僕は慌《あわ》てて腕《うで》や肘《ひじ》を鼻《はな》っ面《つら》にこすりつけた。

確かにやや汗臭《あせくさ》いことは否《いな》めない、が――それは人間の嗅覚《きゅうかく》で判別出来《はんべつでき》るものなのだろうか？

犬《いぬ》じゃあるまいし。

しかもそんな部分で〝お兄《にい》さん〟と〝他人である僕〟を見極《みきわ》めようというのか？

変わっている。や、あの鉄屑《てつくず》の中で眠《ねむ》っていたこと事態《じたい》、既《すで》に異常《いじょう》ではあるのだが……。

「あれ？」

いきなりテアの表情が変わった。ぱちぱちと瞬《まばた》きを何度も繰《く》り返している。それから僕の周《まわ》りをクンクンと嗅《か》ぎ回ったかと思えば、今度は地面《じめん》のほうに向かい、鼻をぴくぴく動かしている。その動作《どうさ》はまるでリスかハムスターのようだ。

そして、またもや衣服《いふく》がはだけそうになっていた。

「ちょ、ちょよっと」

僕はとっさに自分のジャケットをテアの背中《せなか》に掛《か》けた。だが〝そんなことはお構《かま》いなし〟といった様子《ようす》でテアは動き回っている。

「あった！　アル兄様《にいさま》の〝香《かお》り〟！」

いきなりテアが歓喜《かんき》の声を上げた。

「ここにいたのね、アル兄様！」

彼女は僕のノートＰＣに向かって叫《さけ》んでいた。

「しばらく会わないうちに、こんな姿《かたち》になっていたなんて」

テアは無造作《むぞうさ》にノートＰＣを拾《ひろ》い上げ、ムギュウッ、と抱《かか》え込むように抱《だ》きしめた。

「わわっ！　やめろ！」

僕はノートPCを取り上げようとする。

「あっ、やっ！　アル兄様がっ！」

テアが乱暴《らんぼう》に引っ張った。

「こ、こら！　精密機器《せいみつきき》なんだぞ。そんな風《ふう》にしたら壊《こわ》れちゃうじゃないか！　ノートPCには課題《かだい》とか母さんの写真《しゃしん》とか、ラスボス直前《ちょくぜん》のRPG《ゲーム》とか……他にもいろいろ入ってんだ。それにコイツはやっと見つけた僕の──」

「返して！」

「返さない！　………っていうか、コレ僕のものだし！」

ぴょんぴょんと跳《は》ねながらテアはノートPCに手を伸《の》ばしてきた。やたらと懸命《けんめい》な表情だ。

そんなテアを僕はヨタつきながら押さえる。

「ひどい！」

「何がひどいんだ」

「私の兄様なのに！」

「だからそれは……っ」

「んんーっ」

「だ、駄目《だめ》だってばっ！　これは僕のも、の、だ……っ」

端《はた》から見たらさぞや滑稽《こっけい》な二人だろう。子供でもやらなそうな捕《と》り物劇《ものげき》である。

僕は食らいつくテアをかわし、斜《なな》め後方《こうほう》へと逃げようとした。そのとき踵《かかと》に〝硬質《こうしつ》な塊《かたまり》〟がぶつかった。僕は「わっ！」とひっくり返りそうになる。

そびえ立つ木々の間から青い空が見えた——その枝《えだ》の先端《せんたん》には鉛色《なまりいろ》のホイールのようなものが引っかかっている。あのバラバラになった人型《ひとがた》の一部だろうか——。

「くっ!!」

テアが僕の腕《うで》を掴《つか》んだ。

思いのほか俊敏《しゅんびん》な動きに僕は驚《おどろ》いた。おかげで転倒《てんとう》を免《まぬが》れたが、その勢《いきお》いで僕は抱《かか》え上げていたノートPCを手から離《はな》してしまった。

「ああっ！」

グシッ。

痛々《いたいた》しい音をたて、ノートPCが〝硬質な塊〟に直撃《ちょくげき》した。

それはあの人型の頭部《とうぶ》だった。

θ

「だめだ。やっぱり動かない」

僕は鉄屑《てつくず》の上にどっかり座《すわ》り込み、ノートPCの再起《さいき》を試《こころ》みていた。

「でも、死んではいないんだよな……」

主電源《しゅでんげん》は入るのだが画面《がめん》がスリープ状態《じょうたい》のままなのだ。愛機が突然《とつぜん》動かなくなってしまったときの不安と焦《あせ》りといったら、本当ならそこら中を走り回り、やみくもに喚《わめ》き散《ち》らしたくなる程《ほど》の心痛《しんつう》である。だが僕は、ひたすらストイックにキーボードを叩《たた》き続けていた。

理由《りゆう》はふたつある。

腹《はら》の虫《むし》がうるさかった。

動くたびに鳴《な》るんじゃないかと思う程《ほど》うるさい。また喉《のど》はカラカラなのに、汗《あせ》は額《ひたい》から首筋《くびすじ》へと大量に流れ出るのだ。体中の水分がどんどん蒸発《じょうはつ》していく感覚《かんかく》だ。限界《げんかい》とまではいかないが、僕の体力はかなり衰《おとろ》えていた。

もうひとつの理由はテアだ。

いま僕の真横《まよこ》ですやすやと眠《ねむ》っている。

微《かす》かに聞こえる寝息《ねいき》。相変《あいか》わらず可愛《かわい》い寝顔《ねがお》である………が。

（なんでまた眠ってるんだよ！）

ノートＰＣが停止状態《ていしじょうたい》になったとほぼ同時に、テアはひとこと——。


「眠くなってきた……」


——とだけ言い、再《ふたた》び鉄屑《てつくず》の中へと潜《もぐ》り込んでしまったのだ。

何度か揺《ゆ》り起こしてみたものの、テアは〝むにゃ〟と唇《くちびる》を動かすだけで起きようとはしない。

そのため僕はこの場から離《はな》れるわけにいかなくなってしまった。

辺《あた》りは夕暮《ゆうぐ》れ色に染《そ》まっていた。

あれからどのくらい経《た》ったのだろう。わからない。——が、時間がわかったとしても、事態《じたい》は何も変わらないのだが。

（まいったな。このままここで夜を明かすってのも……）

木の実《み》くらい落ちててもよさそうなのだが、そういったものは一切《いっさい》見当たらない。あまりの状況《じょうきょう》に僕は大きく溜《た》め息《いき》をついた。

ふと思った。

テアは腹《はら》が減《へ》らないのだろうか？

この子はここでずっと、この場所で丸《まる》くなっていたのだろうか？

あの錆《さ》びた鉄板《てっぱん》は『宙域航海船《キング・オブ・ミーメニア号》』のものなのだろうか？

巨大《きょだい》な人型《ひとがた》は一体何だったのだろうか。もしやロボットなのか？

様々《さまざま》な疑問《ぎもん》が頭に溢《あふ》れ出し、ここに来た当初《とうしょ》にさかのぼっていく。

（本当にここはどこなんだ？　みずほ、ダック。みんなは生きているのか？　……………テア）

こうやって眺《なが》めていても彼女は何も答えてくれない。僕は剥《む》き出しになっている白い肩《かた》に再びジャケットを掛《か》け直した。無情《むじょう》である。

僕はあてもなく周囲《しゅうい》を見渡《みわた》した。

ふとゴロンとした塊《かたまり》が目に止まる。あの人型の頭部《とうぶ》だ。目の部分にもう光はなく、暗く沈《しず》んだ溝《みぞ》に変わっている。

「………………」

だが何故《なぜ》だか僕を見ているように感じられた。僕は吸《す》い込まれるようにそのまま人型の溝を見続ける。そこからは不思議《ふしぎ》と優《やさ》しく、温《あたた》かい眼差《まなざ》しがこちらに向けられているように思えるのだ。僕を励《はげ》まし勇気《ゆうき》付けてくれているような――。

バンッ。

僕はひとまずノートＰＣを閉じ、目の前のことを考えることにした。肩を落としていても仕《し》方《かた》ない。まずは今宵《こよい》をどう乗《の》り切るかである。

少なくとも僕は資源《しげん》のない地球《ほし》で育《そだ》った人間だ。多少《たしょう》なりともサバイバルの知識《ちしき》はある。

こういう状況下《じょうきょうか》ではまず〝火〟を起こすべきだろう。灯《あか》りにもなるし、暖《だん》もとれる。それに人がここに居《い》ることを伝《つた》えられる〝救援信号《きゅうえんしんごう》〟にだってなる。

(木は腐《くさ》るほどあるんだ。なんとかなるはず……)

とりあえず火を起こすための枝《えだ》や葉《は》を集めなければならない。僕はテアを気にかけながら、周辺《しゅうへん》を見て回った。

やや湿気《しっけ》はあるものの、ちょうど良い太《ふと》さの枝が見つかった。それに転《ころ》がっていたボルトで中央辺《ちゅうおうあた》りに窪《くぼ》みを作り、火起こしの準備《じゅんび》を始める。

思いのほか作業《さぎょう》は順調《じゅんちょう》に進んだ。

よく見ると周囲には何かに利用出来《りようでき》そうなモノで溢《あふ》れ返っていた。我《われ》ながらこういった類《たぐ》いのことへの機転《きてん》は利《き》くほうだと思う。

(簡単《かんたん》な釜《かまど》戸でも作《つく》ってみるか)

僕は差《さ》し当たり出来《でき》た小さな目標《もくひょう》に、僅《わず》かばかりだが心が弾《はず》んでいた。

θ

壮大《そうだい》な星空《ほしぞら》だった。

子供の頃《ころ》、大陸《たいりく》の真《ま》ん中で見た星空に似《に》ている。

（あれはプラネタリウムだったかな……？　いや、そうじゃない。本物の……宇宙《うちゅう》みたいな星空だった。そうだ。確《たし》か、みずほと見たんだっけ……？）

僕はうつらうつらとしながら、手作りの釜戸に薪《まき》をくべた。不恰好《ぶかっこう》だがちゃんと機能《きのう》を果《は》たしてくれている。白い煙《けむり》が烽火《ほうか》のように細く天にたなびいていた。狙《ねら》い通りである。

テアの頬《ほお》が橙色《だいだいいろ》に揺《ゆ》らめいていた。その安《やす》らかな寝顔《ねがお》から「アル兄様《にいさま》」と何度も嬉《うれ》しそうに叫《さけ》んでいたテアを思い出した。

（僕と同い年くらいなのに「兄様」か……。変わってるよな……）

頭がボーッとする。疲《つか》れがピークに達していた。腹《はら》も減《へ》っている。だが眠ってしまえば何とかなる、細《こま》かいことは明日考えることにしよう、きっと何かが開けるはずだ。楽観的《らっかんてき》な考えを最後にフッと意識《いしき》が遠のいた——そのとき。

〝ドドドドッ〟と鈍《にぶ》い音が天上《てんじよう》から響《ひび》いた。

「……………っ！」

直接腹《ちよくせつはら》に響くような音に身《み》も心も跳《は》ね起きた。

僕は急いで樹木《じゆもく》の間から空を確認《かくにん》する。とりあえず変わったものは見えない。

だが、先程《さきほど》の音は何だ？　まるで銃弾《じゆうだん》が発射《はつしや》されたかのような音ではないか。

次第《しだい》に緊張《きんちよう》が高まっていく。

そう考えていると、また上方《じようほう》から轟音《ごうおん》が鳴《な》り響いた。先程よりかなり大きい。

（近付いてきている⁉）

僕はテアの肩《かた》を揺《ゆ》さぶった。

「テア！　起きるんだ！　ここにいちゃ危《あぶ》ない！」

テアは無反応《むはんのう》のままだった。炎《ほのお》に照《て》らされた長い睫《まつげ》の影《かげ》が頬《ほお》で揺らめいているだけである。

「テア‼」

だめだ。

銃弾らしき音はどんどん大きくなっていく。

僕はノートＰＣを小脇《こわき》に抱《かか》え、テアを抱《だ》き上げた。疲《つか》れのせいなのか膝《ひざ》がガクガクする。両《りよう》
腕《うで》がつらい。でも彼女をここに置いてはいけない。僕はなんとか足を踏《ふ》ん張《ば》らせ、鉄屑《てつくず》の中を
歩き始めた。

(とりあえず繁《しげ》みのほうまで行けば、姿《すがた》を隠《かく》せる!)

すると銃弾の音とは別に〝ブォンブォン〟といった不穏《ふおん》な音が聞こえてきた。エンジン音だろうか?

僕はテアを落とさないようにと、しっかり抱き抱えながら恐《おそ》る恐る空を仰《あお》いだ。

何か大きなものが夜空を旋回《せんかい》している。

鳥《とり》――?

巨大《きょだい》な翼《つばさ》を広げた〝鳥〟が月明かりを浴《あ》びながら大きく弧《こ》を描《えが》いていた。

でもどこか違和感《いわかん》がある。何かが妙《みょう》だ。

僕は目を凝《こ》らし、更《さら》によくその物体を見た。

(違《ちが》う!)

〝鳥〟ではない!

はっきりと確認はできないが、空中を回っているのは、あの人型《ひとがた》に似たもの、、、である。胴部《どうぶ》からは大砲《たいほう》のようなパーツが突《つ》き出しており、そこからは連《つら》なった閃光《せんこう》が発射されていた。それは明らかにこちらに向かって飛んできていた。

(どうして僕たちを⁉)

音が接近《せっきん》してきていることを耳で確認しながら、真《ま》っ暗な繁みの中を突き進んだ。周囲《しゅうい》の木々を弾丸《だんがん》がかすめる。突風《とっぷう》に煽《あお》られたかのように木《こ》の葉《は》が方々へと舞《ま》い散《ち》る。

（殺される！）

そう思いながらも僕は全力《ぜんりょく》で走った。

いま自分の腕《うで》には僕以外の人がいるのだ。

まだ走れるのに足を止めてはいけない。諦《あきら》めちゃいけない。

僕はくじけそうになる心に言い聞かせるように、懸命《けんめい》にそんなことを思っていた。

だが、暗闇《くらやみ》はこの危機《ピンチ》に更《さら》に追い討《う》ちをかけた。僕は張《は》り巡《めぐ》らされた木の根《ね》に足をとられてしまった。

「うわぁっ！」

長い髪《かみ》が宙《ちゅう》を舞《ま》い、テアが僕の腕から離《はな》れた。

「テア！」

その体は激《はげ》しい音をたて巨樹《きょじゅ》に打ち付けられた。

僕は前のめりに倒《たお》れ込み、根に膝《ひざ》をぶつけた。かなりの衝撃《しょうげき》だ。くそ、ちくしょう！　僕は急いで顔をあげる。

——次の瞬間《しゅんかん》、僕は自分の目を疑《うたが》った。

テアの全身《ぜんしん》に電流《でんりゅう》のようなものが走っていた。

それはエメラルドのような眩《まばゆ》い発光で、辺《あた》り一面《いちめん》に光を撒《ま》き散《ち》らしていた。

「テア…………？」

だが、テアの瞳《ひとみ》は閉じたままだった。

——ザザッ。


「……っ!?」

どこかから物音《ものおと》が聞こえた。

(誰《だれ》か、いる……?)

僕はおずおずと周囲《しゅうい》を見回してみた。

だが誰もいない。何の姿《すがた》も見えない。辺《あた》りは不気味《ぶきみ》なくらい静《しず》まり返っていた。

(気のせいか……。でも)

心臓《しんぞう》がそのまま硬直《こうちょく》しそうだった。緊張《きんちょう》のため額《ひたい》からは大粒《おおつぶ》の汗《あせ》が流れ落ちる。

しばらくするとまた同じ音が今度は後方《こうほう》から聞こえた。僕はすぐさま振り返る!

「動かないでっ」

「!」

そこには女性の人影《シルエット》が浮かんでおり、武器《ぶき》らしきものをこちらに突《つ》きつけていた。

「抵抗《ていこう》すると命《いのち》がないわよ!」

凛《りん》とした力強い声だった。

その全貌《ぜんぼう》は霧《きり》と逆光《ぎゃっこう》のためハッキリとは見えない。だが、円筒状《えんとうじょう》の無骨《ぶこつ》なものが僕たちに向けられているのは明らかである。

押し詰《つ》まる空気に僕は息《いき》を殺す。

（動いちゃ駄目《だめ》だ。いま変な動きをしたら確実《かくじつ》に撃《う》たれる……）

だがテアの様子《ようす》も気になる。先程《さきほど》の身体《からだ》中を覆《おお》った電流《でんりゅう》のようなものはどうなったのだろうか――。

僕はなるべく体を動かさぬようにと、そっと横目《よこめ》で巨樹《きょじゅ》のほうを窺《うかが》った。するとエメラルドの発光《はっこう》は消えており、テアは巨樹の根本《ねもと》にしがみつくように倒《たお》れこんでいた。

前方にはいまにも襲《おそ》い掛《か》かってきそうな〝敵《てき》〟。

斜《なな》め後方には意識《いしき》を失《うしな》っている少女《テア》。

（どうすればいいんだ……）

頭が混乱《こんらん》しそうだった。だが、ここで不用意《ふようい》に暴走《ぼうそう》しても事態《じたい》が悪化《あっか》するのは目に見えている。

（落ち着け、冷静《れいせい》になるんだ……。とりあえず〝敵〟が襲ってきたときのために、何か身《み》を守《まも》るものを……）

幸《さいわ》い〝敵〟までの距離《きより》はまだあるようだった。また周囲には濃《こ》い霧が充満《じゅうまん》している。僕は「少しくらいの動きならばおそらく見えないだろう」と考え、秘《ひそ》かに後方《こうほう》の地面をまさぐり始めた。全神経《ぜんしんけい》を尖《とが》らせ、相手《あいて》に対抗《たいこう》できるものを探《さが》す。しかし手に触《ふ》れるものは湿《しめ》った朽《く》ち葉《は》と曲《ま》がりくねった木の根《ね》だけである。

(…………あ)

ようやく指先が冷たく硬《かた》いものに当たった。

(石?　いや、もっと平《ひら》べったい……)

なんとか手を伸《の》ばしそれを引き寄《よ》せる。正体は起動《きどう》しなくなってしまった僕の愛機《ノートPC》だった。

少し躊躇《ためら》った。

——が、僕は意《い》を決《けっ》したようにノートPCの縁《ふち》をしっかりと掴《つか》んだ。いまは微《かす》かな力でも身《み》を守《まも》る道具《もの》が必要《ひつよう》な状況《じょうきょう》なのだ。こんなものでは武器《ぶき》にも楯《たて》にもならないかもしれない。だが、何もないよりはマシである。

そのとき予想外《よそうがい》の痛《いた》みが膝《ひざ》に走った。先程《さきほど》転んだ際《さい》にぶつけた場所である。僕は突然《とつぜん》の疼《うず》きにバランスを失《うしな》い、掴んでいたノートPCを落としてしまった。

大きな音が一帯《いったい》に響《ひび》き渡《わた》る。

「動かないでと言ったでしょう」

厳《はげ》しい口調《くちょう》で〝敵《てき》〟が叫《さけ》んだ。

「ここは『クナ』の領域《りょういき》。どこの兵《へい》だか知らないけど勝手《かって》な侵攻《しんこう》は『ユマト国』との条約違反《じょうやくいはん》になるわよ!」

――くな？　侵攻？　条約違反？　わからない単語《たんご》が並《なら》ぶ。

「いまあなたに向けているのは広域型《こういきがた》の『スレート・ランチャー』。確実《かくじつ》にあなたを仕留《しと》めることが出来《でき》るわ」

その言葉《ことば》の最中《さいちゅう》〝カチャ〟と引き鉄《がね》に触れたような音が聞こえた。不吉《ふきつ》な響きに背筋《せすじ》がサーッと冷たくなる。僕は慌《あわ》てて声を荒《あら》げた。

「違《ちが》うんです！　そういうんじゃなくて！　えっと……とりあえずここで一晩《ひとばん》を過《す》ごそうとしてただけで……僕たちは何も……！」

緊張《きんちょう》のせいか声が上《うわ》ずり、ワントーンあがってしまっていた。

「あの、兵とか侵攻とか……そういうのとは本当に関係《かんけい》ないんです！」

しばらくの間〝敵〟は何の動きも見せなかった。悲痛《ひつう》の叫びを聞いてもらえたのだろうか。

その後、敵側《がわ》がパッと明るくなった。同時に物騒《ぶっそう》な形の銃器《じゅうき》を持った人影《シルエット》が浮かび上がる。

それは少しずつこちらに近付いてきた。

（だめだ！　もう逃げられない！）

僕は恐怖《きょうふ》のあまり顔がよじれる勢《いきお》いで目を瞑《つむ》る。だが次の瞬間《しゅんかん》「え？」と驚《おどろ》いた声が周囲《しゅうい》に響いた。

「……!?」

眩《まぶ》しい。明かりが顔の近くに寄《よ》せられたようである。もう腹《はら》をくくるしかない。

僕は恐《おそ》る恐ると目を開いた。

「あなた……子供!? どうしてこんな場所《ところ》にいるの!?」

それは〝敵《てき》〟が額《ひたい》にゴーグルを上げた瞬間《しゅんかん》だった。怯《おび》える僕の姿《すがた》を見下ろしながら、目を丸《まる》くしている。

年齢《ねんれい》は僕より少し上だろうか。目鼻《めはな》立ちの整《ととの》った美人《びじん》である。女性らしい体つきであり、服《ふく》の上からでもスタイルが良いことが窺《うかが》えた。……が、そんな麗《うるわ》しい外見《がいけん》とは不釣合《ふつりあ》いともいえる厳《いか》つい銃器《じゅうき》が手には握《にぎ》られており、よく見ると上着《うわぎ》のポケットからは幾《いく》つもの弾薬《だんやく》がギラギラとした先端《せんたん》を覗《のぞ》かせていた。

（ひ……！）

目前《もくぜん》に迫《せ》まる恐怖《きょうふ》に僕はまた慄《おのの》いた。

〝敵〟は僕の全身《ぜんしん》を品定《しなさだ》めでもするかのようにジロジロと眺《なが》めている。

「なんか……見たことのない服《ふく》ね。やたら軽装《けいそう》だし。まさか？ どこかの新軍《しんぐん》とかじゃないわよね!?」

〝ぶんぶんっ〟と大きく首を振った。だが〝敵〟は已然《いぜん》として疑《うたが》いの目で僕を見ている。

「…………とりあえず立って。……で、そのまま後ろの木に両手をあてて」

僕はフラつきながら立ち上がり指示《しじ》に従《したが》った。〝敵〟は上から下へと、僕の全身をくまなくチェックし始めた。「くすぐったい」というか「ゾクゾクする」というか――何かこう、堪《こら》えきれない感覚《かんかく》に襲《おそ》われ思わず身悶《みもだ》えそうになる。

（……うっ、……ぐっ）

「足も開いて」

（えっ!?　う、…………はっ、早く終わってくれ！）

「どうやら、武器《ぶき》になるような物は持ってなさそうね」

——やっと終わってくれた。僕は別の意味で脂汗《あぶらあせ》をかいていた。ボディチェックというものは一種《いっしゅ》の拷問《ごうもん》である。

「悪かったわね。いきなりこんなもの突《つ》きつけちゃって」

それはさっぱりとした表情だった。顔の横にはまだゴツい銃器が残っているが……。とりあえずこの人は〝敵〟ではなさそうである。

僕は張り詰《つ》めていた緊張《きんちょう》の糸が解《と》け「ふぅ」と息《いき》をもらした。

女の子は手馴《てな》れた動作《どうさ》で銃器をウエスト部分のホルスターへと差し込んだ。

その艶《あで》やかさに思わず目を奪《うば》われた。ホルスターに付いている大振りの金具《かなぐ》をバチッと締《し》める。その様《さま》はアクション映画《えいが》に出てくるヒロインみたいに颯爽《さっそう》としており、実《じつ》に格好《かっこう》良いのだ。

「じゃあ……」

空を見上げ女の子が呟《つぶや》いた。

「さっきの『ゾルヘイド』は一体……」

（ぞるへいど？）

また聞き覚《おぼ》えのない単語《たんご》である。それに何故《なぜ》か耳に残る単語だった。そのせいか思わず、

「〝ぞるへいど〟？」

と、言葉《ことば》を復唱《ふくしょう》してしまった。

みるみるうちに女の子の表情が変わっていく。

「……あなた、いくらなんでもそれは。だってゾルヘイドよ？　知らないわけないでしょう？」

「ええっと」

女の子は僕に詰《つ》め寄《よ》ってきた。

「あの！　僕、本当に知らないんです。……っていうか何もかもがわからない状況《じょうきょう》のまま、この場所にいるんです……」

「……!?」

思いきり眉《まゆ》をひそめた。確実《かくじつ》に怪《あや》しんでいる。だが事実《じじつ》なんだから仕方《しかた》ない。

ここはヘンに誤魔化《ごまか》すより、いままでの経過《けいか》をきちんと話したほうがいいだろう、そのほうが後々《のちのち》の誤解《ごかい》も少ないだろうし。そう勝手《かって》に判断《はんだん》した僕は木星圏《もくせいけん》に向かう途中《とちゅう》『宙域船《ちゅういきせん》』が事故《じこ》に遭《あ》い、この場所に流れ着いてしまったことから話そうとした——が、いきなり「ストップ！」と言葉を遮《さえぎ》られてしまった。

「……事情《じじょう》はあとから聞くから。それよりあなた怪我《けが》してるじゃない」

そう言いながら女の子は履《は》いているロングブーツのジッパーを下ろした。思いがけぬ行動に「!?」とド肝《ぎも》を抜《ぬ》かれる。何をするのか、と見ていると女の子はブーツの内側《うちがわ》から包帯《ほうたい》を取り出した。裏側《うらがわ》にポケットが付いてるらしい。

「そんなところに入ってるなんて……」

「足こっち向けて。……ええ、私はこの身《み》ひとつでいつでも動けるようにしてるの」

女の子は手馴《てな》れた動作《どうさ》で、僕の膝《ひざ》に素早《すばや》く包帯を巻《ま》いていく。

「それが私の役割《やくわり》だから——」

そのとき女の子の胸元《むなもと》で揺《ゆ》れる装飾品《そうしょくひん》が光った。十字架《ロザリオ》のようである。中心《ちゅうしん》には何か細《こま》かい模様《もよう》が付いているようだが……それはすぐさまふたつの豊満《ほうまん》なバストに埋《う》もれてしまい、確《かく》認《にん》できなくなってしまった。その直後《ちょくご》〝むぎゅ〜っ〟と包帯をきつく縛《しば》られた。「いいいいっ」と僕は腰《こし》を捩《よ》じらせる。おまけなのか脛《すね》を〝ペチッ〟と叩《たた》かれた。

「このくらいで悲鳴《ひめい》あげない。はい、とりあえず応急処置《おうきゅうしょち》終了《しゅうりょう》。これでちょっとは歩けるでしょ」

「あ、ありがとうございます」

「そんな足でこの森に一晩《ひとばん》いたら野生《やせい》の『ウルク』にやられちゃってたわね。特にいまは繁殖《はんしょく》期《き》で気が立ってる奴《やつ》が多いんだから」

今度は〝うるく〟か。猛獣《もうじゅう》か何かなのだろうけど……本当に知らない言葉のオンパレードである。

「さ、とにかく行くわよ！」

「行くって？　どこへ？」

「〝谷《たに》〟よ。私が住《す》んでいるところ。怪我《けが》してる子供を放っておくわけにいかないでしょ。この先に小型《こがた》の『ファプター』を隠《かく》してあるの。ホントは一人乗《の》り用なんだけど。距離《きょり》はそんなにないから、二人でもなんとか飛べるはず……」

女の子の言葉《ことば》が急に止んだ。

「…………は？」

テアの存在《そんざい》に気が付いた様子《ようす》だ。

「あれ……あそこに倒《たお》れてるのって……？」

「は、はい」

女の子は僕を荒《あら》っぽく押しのけ、テアに駆《か》け寄《よ》った。

「ちょっと、この子……顔真《ま》っ青《さお》じゃない。大丈夫《だいじょうぶ》なの？　息《いき》、してるわよね？」

女の子はテアの頬《ほお》に触《ふ》れ、そして心臓《しんぞう》の辺《あた》りに耳を押し当てた。

迅速《じんそく》な女の子の行動を前に僕はオロオロしてしまった。事情《じじょう》があったとはいえ、発光《はっこう》した以《い》降《こう》のテアを気遣《きづか》ってやれてなかった。そんな自責《じせき》の念《ねん》が頭をよぎり、僕は背後《はいご》からその様子を窺《うかが》うことしか出来《でき》ない。

女の子はテアの脈拍《みゃくはく》を測《はか》っているようだ。僕はハラハラしながらその様子を見守《みまも》る。

「聞こえた……。かなり小さいけど。脈も正常値《せいじょうち》だわ。眠《ねむ》っているだけなのね」

女の子の第一声《だいいっせい》を聞き、体中の重圧《じゅうあつ》がスーッと抜《ぬ》けていく。

「そ、そうですか。良かっ……」

と、近寄《ちかよ》ろうとした瞬間《しゅんかん》、予想外《よそうがい》の鉄拳《てっけん》が横《よこ》っ面《つら》に飛んできた。

「ぐはっ！」

何の心構《こころがま》えもしてなかった。当然身《とうぜんみ》構《がま》える暇《ひま》もない。僕はそのまま吹《ふ》っ飛び、ぬかるんだ地面へ思いきりダイブした。ぐちゃぐちゃの土が顔にめりこみ、苦《にが》い泥水《どろみず》が口の中に飛び込んでくる。

「ぐへぇっ！　げほっ！」

男並《な》みのパンチ力、いやそれ以上だ。あの細腕《ほそうで》のどこにこんなパワーがあるのだろうか。僕は状況《じょうきょう》をよく呑《の》みこめないままそんなことを考える。

すると目の前にブーツのつま先が立ちはだかった。顔をあげると仁王立《におうだ》ち状態《じょうたい》の女の子が僕を見下ろしている。その表情は般若《はんにゃ》のごとく、無言《むごん》の怒《いか》りに満ちていた。

僕は声を出す前に胸《むな》ぐらを掴《つか》まれ、そのまま上半身《じょうはんしん》を引き上げられた。

「こらあっっっ！　こんな女の子まで森に連れこむなんて！　あなた一人ならともかく。しかも……………裸同然《はだかどうぜん》ってのはどういうことなの？」

「……そ、それは！」

「あなたたちがどこから来て、何があって、どういう関係《かんけい》だか知らないけど……。〝男〟だったら、この危険極《きけんきわ》まりない状況《じょうきょう》をもうちょっと自覚《じかく》しなさい！」

何も言い返せない。大いに誤解《ごかい》である部分もありつつ、自分に非《ひ》があるような気もするし——何より女の子の激《はげ》しい物言いに圧倒《あっとう》されていた。駄目《だめ》だ、言葉《ことば》を発《はっ》しただけでまた殴《なぐ》られそうな勢《いきお》いである。とりあえずこの場《ば》は黙《だま》っていたほうが賢明《けんめい》だと判断《はんだん》し、僕は大袈裟《おおげさ》に頭を下げた。

胸《むな》ぐらを掴《つか》む拳《こぶし》が更《さら》に強く一捻《ひとひね》りされた。

「まったく」

女の子はそんな僕を投げ捨《す》てるかのように突《つ》き離《はな》すと、再《ふたた》びテアに駆《か》け寄《よ》り「起きて」と肩《かた》を揺《ゆ》らした。だがテアは僕が起こそうとしたときと同じく、一向《いっこう》に目覚《めざ》める気配《けはい》を見せない。

「どうして……。体に異常《いじょう》はなさそうなのに……」

「あの、僕も何度か起こそうとしたんです。何時間か前には普通《ふつう》に起きてて、動き回ってたから。だから僕にもよくわかんなくて」

女の子の表情が曇《くも》っていく。

「……ね、あなた」

「は、はい!?」

「この子の名前は？」

『テア』……だと思います」

「……？」

僕の曖昧《あいまい》な答えに不審感《ふしんかん》を抱《いだ》いている様子《ようす》だ。

「……まあ、いまはいいわ。テア！　起きるのよ、テア！」

女の子は何度も「テア」と呼《よ》びかけた。

そういえば僕は女の子の名前を知らない。僕の名前も聞かれていないが……。

やはりテアは目覚めなかった。だが不快《ふかい》な眠《ねむ》りではないことはなんとなくわかる。〝むにゃ〟と動く口元《くちもと》からはまるで遊び疲《つか》れた子供が両親の腕《うで》の中で、ぐっすり眠っているような……そんな穏《おだ》やかな表情だった。

「仕方《しかた》ないわ。とりあえずファプターまで連れていきましょう。……ちょっと手伝《てつだ》って」

女の子は腰《こし》に巻《ま》かれていたベルトを外《はず》し「はい」とホルスターごと銃器《じゅうき》を僕に差《さ》し出した。

「えっ!?　ぼ……僕が持つんですか？」

「そうよ。ほら早く！」

「は……はい」

またもや女の子の気迫《きはく》に押されてしまい、僕は致《いた》し方《かた》なく銃器を受け取った。

「!?」

あまりの重さに〝ガクン〟と腕が下がった。

(な、何キロあるんだよ、これ……)

こんな重い武器《もの》をあの子は腰《こし》に巻《ま》きつけ、片腕《かたうで》で構《かま》えていたというのか。信じられない。

それに人のことを〝子供子供〟と散々《さんざん》繰り返していたが、実際《じっさい》立って並《なら》んでみると身長《しんちょう》は僕より低いくらいである。

僕は解《げ》せない思いで女の子を見据《みす》えながら、鉛《なまり》のような銃器《じゅうき》を肩《かた》に担《かつ》いだ。

「それ持ってると、この子の足、傷《きず》つけちゃうかもしれないでしょ。だから〝谷《たに》〟まではあながちゃんと管理《かんり》してて」

女の子はテアをおぶろうとした。僕は慌《あわ》てて申《もう》し出る。

「あ、あの僕が背負《せお》いますから」

「ん？　大丈夫《だいじょうぶ》よ。この子そんなに重くないし。いつもこの程度《ていど》のモノ両腕《りょううで》に抱《かか》えてるんだから。それに、あなたはいま怪我人《けがにん》でしょうが。とりあえずここは〝無理〟しない！」

「でも……」

「そのうち〝無理〟なことお願《ねが》いするかもしれないでしょ？」

そう言うと女の子はテアを背中《せなか》に乗《の》せているにもかかわらず、軽やかな身《み》のこなしで樹木《じゅもく》の間を駆《か》け抜《ぬ》けていった。

θ

そこには風変《ふうが》わりな形状《けいじょう》の乗り物が隠《かく》されていた。

アルミ板《ばん》や鉄板《てっぱん》を継《つ》ぎはぎにしたような歪《いびつ》な表面で、大きなネジが等間隔《とうかんかく》で打ちつけられている。全長は四メートルくらいだろうか？　先端部《せんたんぶ》は尖《とが》ってるものの全体的に平べったく、機《き》体胴体部《たいどうたいぶ》と主翼《しゅよく》がはっきり分かれていない。おそらく真上《まうえ》から見ると『エイ』のような形に見えるのではないだろうか。ラダーと思われる部分には、左右にプロペラが六個程《こほど》付いており、中央部《ちゅうおうぶ》にはささやかなウインドシールドと計器類《けいきるい》、背《せ》もたれが備《そな》え付けられていた。

「これが……ファプター……」

僕は初めて見る乗り物にちょっと興奮《こうふん》していた。

「ええ。一人乗りの型《タイプ》だから。ちょっと珍《めずら》しい形でしょ」

とりあえず頷《うなず》いておこう。本当はどの型《タイプ》を見ても僕には新鮮《しんせん》に映《うつ》る乗り物なのだが……。詳《くわ》しいことは女の子のいう〝谷《たに》〟に着き、ひと段落《だんらく》した後に僕の陥《おちい》ってしまっている状況《じょうきょう》を聞いてもらおうと思った。

女の子はファプターのコクピットにあたる部分にテアを座《すわ》らせ、自《みずか》らもその後ろへと乗りこんだ。

「じゃあ、私はこの子を連れて先に行くから。あなたはこの辺《あた》りで身《み》を隠《かく》していて――」

「はい」

コクピット越《こ》しに女の子が言う。テアは相《あい》変《か》わらず安《やす》らかな寝《ね》顔《がお》で眠《ねむ》っていた。そのあどけない表情に「やっぱり可《か》愛《わ》い」と思ってしまう自分がいた。

「――ただ、さっきのゾルヘイドがまだどこかにいるかもしれないから、少しだけ遠回りで行くけど。それでも一時間もあれば戻ってこられるはずだから」

「…………」

話を聞きながら僕は考えていた。

本当にこのままテアを、彼女に預《あず》けてしまっても大丈夫《だいじょうぶ》なのだろうかと。

確《たし》かに最初は銃《じゅう》を突《つ》きつけられたが、その後すぐに膝《ひざ》の手当てをしてくれたり、テアの状態《じょうたい》を心配《しんぱい》してくれたりもした。だがこんな状況下《じょうきょうか》とはいえ、僕も些《いささ》か無防備《むぼうび》過《す》ぎやしないだろうか。

何故《なぜ》だろう、テアは今日会ったばかりの少女であり、僕は彼女のことを何も知らない。だが、離《はな》れるということがこんなにも気がかりに、不安に思えるのだ。

(どうしたんだろう、僕は……)

——パンッ！　目の前で手が弾《はじ》かれた。

「もしもし？　聞こえてる？」

「あ……っ!?」

「ものすごく遠い目してたけど。急にどうしたの？」

「えっと…………」

「膝、まだ痛《いた》む？」

「そ、そうじゃなくて。……あ、あなたのことを本当に信用《しんよう》してしまっても……いいんだろうかって」

女の子の表情が一変《いっぺん》した。

「や……！　すいません。いろいろ助けてもらってるのに。ただ……さっき会ったばかりの人だし」

女の子は僕のおずおずとした声を黙《だま》って聞いている。

「でも僕もこんな状態で、何もないのだから……頼《たよ》るしかないんだけど。なんか急に不安になっちゃって……」

すると女の子は〝ひょいっ〟とコクピットから飛び降《お》り、僕の前に立った。そして胸元《むなもと》に下がっている十字架《ロザリオ》に手を重ね、はっきりとした声で言葉《ことば》を唱《とな》え始めた。

「〝祈《いの》りと共《とも》に慈《いつく》しみを与《あた》えよ。真心《まごころ》と共に沈黙《ちんもく》を与えよ。邪《じゃ》に捕《と》らわれることなく、心縛《こころしば》られることなく、そして全《すべ》てを愛《あい》せよ——〟」

言葉《ことば》が終わると女の子はゆっくりと目を開け、優《やさ》しく僕に微笑《ほほえ》みかけた。

「私は〝谷《クナ》〟の護り子《シスター》としてこの地で暮《く》らしているの」

「シスター……!?」

僕の知っているのは修道女《シスター》は教会《きょうかい》などで聖職《せいしょく》に就《つ》いている女性のことだが。彼女はそれと同じということなのだろうか？

女の子は十字架《ロザリオ》の中心部《ちゅうしんぶ》を僕に見せた。そこには極細《ごくこま》かい小さな文字が刻《きざ》まれているようだった。

「私は生まれてからずっとこの十字架《ロザリオ》の言葉と共《とも》に生きているの。これからもずっと。それが私の全《すべ》てだから——。だからと言ってすぐに他人を信用《しんよう》できる程《ほど》、人間は単純《たんじゅん》なものじゃないけど……。でも私は自分を育《はぐく》んでくれたこの〝谷《クナ》〟に誓《ちか》って、ちゃんとあなたたちを保護《ほご》するつもりよ」

それは嘘偽《うそいつわ》りのない真《ま》っ直《す》ぐな眼差《まなざ》しに見えた。

「とにかくここで一晩中《ひとばんじゅう》、ウルクやゾルヘイドの絶対的《ぜったいてき》な危険《きけん》にさらされてるよりは、同じ危険性を孕《はら》んでいるとしても〝私〟に賭《か》けてみたほうが建設的《けんせつてき》なんじゃない？」

確《たし》かに、その考え方は間違《まちが》っていないと思う。それに、なんとなくだが……彼女は心を許《ゆる》しても問題《もんだい》のない誠実《せいじつ》な人間に思えた。僕は「すいません」と再度《さいど》頭を下げ、テアと僕のことをお願《ねが》いすることにした。その言葉に女の子は柔《やわ》らかな笑《え》みを浮かべた。

「じゃあ、いざというときはそれで撃墜《げきつい》ね」

女の子は僕が預《あず》かっているスレート・ランチャーを指差《ゆびさ》した。

「使い方、もう一度説明《せつめい》したほうがいい？」

「たぶん……大丈夫《だいじょうぶ》です。射撃姿勢《しゃげきしせい》は両足を前後に開き、利《き》き手とは逆《ぎゃく》の足を前へ出して……」

僕は何度か受けたレクチャーを思い出しながらスレート・ランチャーを構《かま》えてみた。

「親指《おやゆび》と人差《ひとさ》し指が作るV字の中心《ちゅうしん》をグリップ先端《せんたん》のくぼみに固定《こてい》して……。照準《しょうじゅん》は銃口《じゅうこう》の方向と視線《しせん》の方向を必《かなら》ず一致《いっち》。あ、えっと、次は……ココだよな。あれ、ハンドガードだっけ……」

忘れてしまった。覚《おぼ》えたつもりなのだがやはり頭に入りきってなかったようだ。シューティングゲームは割《わ》りと得意《とくい》なほうなのだが。

「全体的に微妙《びみょう》な感じね」

女の子は溜《た》め息混《いきま》じりに僕の後ろへと廻《まわ》りこんだ。そして背中《せなか》から両腕《りょううで》を回し、銃器《じゅうき》を握《にぎ》る手の上に自《みずか》らの掌《てのひら》を重ねる。

「いい？　ここの、ハンドガードが指に自然《しぜん》に巻《ま》きつくようにして全体を支《ささ》えるの。肘《ひじ》はできるだけレシーバーの下へ。グリップをしっかりと握《にぎ》り、ランチャー本体を体に引きつける。ストックは必《かなら》ず肩《かた》のへこんだ部分に正しく当てること。それによって発射時《はっしゃじ》の反動を吸収《きゅうしゅう》しやすくなるから」

「は、はい。こんな……感じですか？」

僕は言われたとおりのポジションをとってみた。だがそんな僕の姿《すがた》を見て女の子は〝ぷふっ〟と吹《ふ》き出した。

「わ、笑わないでください」

「ごめんごめん。ちょっと〝へっぴり腰《ごし》〟だけど間違《まちが》ってはいないから」

女の子は再《ふたた》び『ファプター』に乗《の》り込み、額《ひたい》のゴーグルを下ろした。

プロペラが少しずつ回り始め、周囲《しゅうい》に小さな風が巻《ま》き起こる。僕はそれに煽《あお》られ二、三歩後ろに下がった。

「必《かなら》ず迎《むか》えに来るから少しだけ待《ま》ってて。えっと……あっ！　もしかしてまだ名前聞いてなかった⁉」

ここに来てようやく気が付いてもらえたようだ。女の子はコクピットから手を伸《の》ばし、僕に握手《あくしゅ》を求《もと》めてきた。

「私は『ロナ・クリスト』。あなたは？」

「僕は――相沢航一《あいざわこういち》」

「アイザワ……コウイチ？」

思ったとおりの反応《はんのう》だった。驚《おどろ》きを含《ふく》んだ声である。ゴーグルを装着《そうちゃく》しているためその目は

見えないが、きっと〝パチクリ〟させてるに違《ちが》いない。すると意外《いがい》にもロナの口角《こうかく》がキュッと上がった。

「不思議《ふしぎ》な響《ひび》き——。でもなんかいい名前ね」

ロナとテアを乗《の》せたファプターが少しずつ浮上し始めた。同時にテアに着せている僕のジャケットも風にはためき、襟《えり》ぐりがバサバサと揺《ゆ》れていた。

僕は上昇《じょうしょう》していくファプターに向かい、大声で叫《さけ》んだ。

「あの、とりあえず彼女を……テアをお願《ねが》いします！」

ロナは軽く手を振り、眠《ねむ》り姫《ひめ》のようなテアと共《とも》に空の彼方《かなた》へと消えていった。

θ

僕は近くに見つけた小さな洞窟《どうくつ》に身《み》を潜《ひそ》めていた。

なんだかひとつのイベントが終わった後のような脱力感《だつりょくかん》である。腹《はら》の虫《むし》もいつの間にか収《おさ》まり、とにかくいまは体を自由に解放《かいほう》してやりたい気分だ。僕は大《だい》の字《じ》になって寝転《ねころ》ぶ。天井《てんじょう》の岩間《いわま》から月明かりが差《さ》しこんでいる。

（月は〝地球《ちきゆう》〟で見ていたのと変わらないんだな……）

ぼんやりとそんなことを考える。

僕はいままで自分が生きてきた時間とは別の〝遠い世界《どこか》〟に来てしまったことを、自然《しぜん》と、全身《ぜんしん》でわかり始めていた。

ここで出会った二人の人物。

目の前で壊《こわ》れた人型《ひとがた》。

初めて聞く国やモノの名称《めいしょう》、乗り物。

空からの襲来《しゅうらい》——全《すべ》てが違うのだ。

そしてテアを取り囲《かこ》んでいた錆《さび》だらけの『宙域航海船《キング・オブ・ミーメニア号》』の一部と、誰《だれ》一人として姿《すがた》が見えない二〇〇〇人の乗船客《じょうせんきゃく》——。

何かが繋《つな》がっていて、どこかが大きく捻《ね》じ曲《ま》がっている。

道理《どうり》なんかわからない。

ただ、きっと、誰もが予測《よそく》できなかった超常現象《ちょうじょうげんしょう》が宇宙空間《うちゅうくうかん》で起きてしまい、不幸《ふこう》にも僕たちはそれに巻《ま》きこまれた。これが事実《じじつ》だ。

急に全身《ぜんしん》がぶるっと震《ふる》えた。

おぼつかない気持ちのせいなのか、それともどこかから吹き込んでくる隙間風《すきまかぜ》のせいなのか。どちらなのかはわからない。ただジャケットがない分、いつもより上半身《じょうはんしん》が冷えることは確《たし》かだった。僕は両腕《りょううで》を抱《かか》えるよう背中《せなか》を丸《まる》め、夜の寒さを凌《しの》ごうと思った。

今後どうなっていくのか全《まった》くわからない。

僕はこのまま一生この世界で暮《く》らしていくのだろうか。

そんな不安に苛《さいな》まれながらも僕はあることを強く思っていた。

「でも生きよう」「死んでたまるか」と。

〝本能《ほんのう》〟とか〝生命力《せいめいりょく》〟とか、生き物全《すべ》てに備《そな》わっている機能《きのう》がそう思わせてるのかもしれない。「誰《だれ》かに会いたい」とか「船を探《さが》さなきゃとか」そういった想《おも》いもあるが——その奥《おく》に潜《ひそ》む単純《たんじゅん》な〝生存《せいぞん》への本能〟。それがいまの僕を支《ささ》えていた。

僕はロナから預《あず》かっている銃器《じゅうき》を脇《わき》に置き、迎《むか》えが来るまでの間、少しばかりの睡眠《すいみん》を取ろうと目を閉じた——。

ややあって意識《いしき》を失《うしな》いかけた頃《ころ》、洞窟《どうくつ》の奥《おく》から僅《わず》かな風が吹《ふ》いてくるのを感じた。だが目も頭も虚《うつ》ろな状態《じょうたい》の僕はそれを異常《いじょう》とも感じず、ただボーッと漆黒《しっこく》の空洞《くうどう》を眺《なが》めていた。

すると奇妙《きみょう》な物音が聞こえ始めた。

〝ずるずる〟と何かを引きずるような音である。例《たと》えるなら巨大《きょだい》な蛇《へび》が地表《ちひょう》を這《は》うような、そんな只《ただ》ならぬ音である。

さすがにおかしいと思い、僕は上半身《じょうはんしん》を起こす。

――そのとき。

〝ガンッ〟と天井《てんじょう》の岩間《いわま》から、大きな物体《ぶったい》がいきなり降《ふ》ってきた！

「ひっ！」

突然《とつぜん》の出来事《できごと》に僕は驚《おどろ》き、壁際《かべぎわ》に仰《の》け反《ぞ》った。すると、物体は素早《すばや》く起き上がり僕の目の前を横切っていった。

（…………人!?）

天井から飛びこんできたのは人間である！

「ナンだ。期待《きたい》はしてなかったけど。結構上等《けっこうじょうとう》なの持ってんじゃねぇか」

それはまだ若い男の声だった。

男は半《なか》ば置きざりにされた状態《じょうたい》のあの銃器を肩《かた》にかついだ。

（……！　こいつ、あれを狙《ねら》って！）

「待《ま》てっ！　それはっ！」

僕は男を逃がすまいとがむしゃらに追いかけ、足に飛びついた。

「うっわ、てめぇ！　何すんだ！」

「このっ、泥棒《どろぼう》っっっ！」

僕は男を取り押さえようと猛烈《もうれつ》にしがみつく。だが男は敏速《びんそく》な動きで僕を振り落とすと、そのまま思いきり下腹部《かふくぶ》を蹴《け》り飛ばした。

「う……ぐ……っ！」

強烈《きようれつ》な痛《いた》みに僕は腹《はら》を抑《おさ》え、その場にしゃがみこんだ。

「……フン。悪く思うなよ。こっちも必死《ひっし》なんだ」

そう言うと男は銃器《じゆうき》を背負《せお》い、ネズミのようなすばしっこい動きで洞窟《どうくつ》の外へと走り去《さ》っていった――。

θ

賑《にぎ》やかな笑い声が頭の奥《おく》に響《ひび》いていた。

何人かの子供が走り回っている。その中には聞《き》き慣《な》れない不思議《ふしぎ》な声も混《ま》じっていた。動物の鳴《な》き声だろうか――。

そんなことを考えながら僕はゆっくりと目を開けた。

寝起《ねお》きの頭はなかなか正常《せいじょう》に稼動《かどう》してくれない。ここはどこだろう。目の前の全《すべ》てがおぼろげに映《うつ》っていた。古《ふる》めかしい石造《づく》りの部屋《へや》だ。温《あたた》かみのある黄土色《おうどいろ》である。壁《かべ》には布製《ぬのせい》のタペストリーが飾《かざ》られており、そこには風変《ふうが》わりな模様《もよう》が編《あ》みこまれていた。翼《つばさ》を広げた鳥《とり》のようにも見える。

僕は堅《かた》い材質《ざいしつ》のベッドに横たわっていた。決《けっ》して肌触《はだざわ》りが良いとは言えない毛布《もうふ》が一枚掛《か》けられている。上方《じょうほう》には小さな出窓《でまど》があり、燦々《さんさん》と輝《かがや》く太陽が顔を覗《のぞ》かせていた。子供たちの声はそこから聞こえている。

——そうだ。少しずつ思い出してきた。

昨晩《さくばん》僕は、洞窟の中でロナが戻ってくるのを待《ま》っていた。そこで何者《なにもの》かに腹を蹴られ、その場にうずくまってしまった。

ややあった後、洞窟の奥《おく》で何かが動いている気配《けはい》がした。

僕は岩陰《いわかげ》に身《み》を潜《ひそ》めながら耳を澄《す》ました。再度《さいど》〝奇妙《きみょう》な音〟が洞窟内にこだましている。〝ずるずる〟と地を這《は》うような耳障《みみざわ》りの悪い音である。僕は瞬間的《しゅんかんてき》に恐《おそ》ろしくなり、すぐさま外へ逃げ出そうとした。だがそのとき、何故《なぜ》か無性《むしょう》に洞窟の奥が気になった。

理由《りゆう》はわからない。ただどういう訳《わけ》か、すぐに確認《かくにん》しなければいけない気がした。

僕は足を止め、吸《す》い込まれそうな闇《やみ》に目を向けた。

——目を見張った。

そこにはふたつの光源《こうげん》がぼうっと浮かび上がっていたからだ。黄緑色《きみどりいろ》の頼《たよ》りない光だった。

その儚《はかな》い光り方は蛍《ほたる》の灯火《ともしび》彷彿《ほうふつ》させた。

だが不思議《ふしぎ》とふたつの光源に恐怖心《きょうふしん》は沸《わ》かなかった。それどころかむしろ引きつけられる想《おも》いである。僕は何かに取《と》りつかれたように闇へと一歩《いっぽ》を踏《ふ》み出した。

そのとき光に異変《いへん》が起こった。

ぼんやりとした黄緑色は次第《しだい》に赤みを帯《お》び、濁《にご》った朱色《しゅいろ》へと変化を始めた。

同時《どうじ》に足元《あしもと》からは微弱《びじゃく》な揺《ゆ》れを感じた。

奇妙な音は次第に大きくなっていき、地鳴《じな》りのような轟音《ごうおん》へと変わり始めている。

次の瞬間《しゅんかん》、岩《いわ》が砕《くだ》けたような爆音《ばくおん》が洞窟内に轟《とどろ》き、天井《てんじょう》からは小石や砂《すな》が落ちてきた。

(崩《くず》れる⁉　まずい!)

危険《きけん》を察知《さっち》した僕は無我夢中《むがむちゅう》で外へ走りだした。地面を踏《ふ》みつけるたび膝《ひざ》がズキズキと痛《いた》む。疲労《ひろう》により目がかすみ、足がふらついていた。だがそんなものに構《かま》ってる場合でない。こんなところで生き埋《う》めになるよりマシだ。

僕は幾度《いくど》もつまづきながら入り口へ走った。

ちょうどそのとき、天井の岩間からこちらに向かってくるファプターが見えた。

（戻ってきてくれた！）

気が緩《ゆる》んだのか、僕はその場に倒《たお》れ込んでしまった。そして通り過《す》ぎていく『ファプター』に向かい、全《すべ》ての力を振り絞《しぼ》り、僕は大声をあげた。


――そこで記憶《きおく》は途切《とぎ》れていた。


この場所にはロナが連れてきてくれたんだと思う。それにしてもあの光と音はなんだったんだろう。

僕は首を傾《かし》げながら上半身《じょうはんしん》を起こした。途端《とたん》に身体《からだ》中の筋肉《きんにく》が悲鳴《ひめい》をあげた。全身《ぜんしん》がカチコチに固《かた》まっている。

（いてててて。何だよこれ。昨日《きのう》のサバイバルの影響《えいきょう》か）

右肩《みぎかた》が異様《いよう》に痛かった。明らかに他の部位より熱を持っている。そこは銃器《じゅうき》を当てていた場所だった。そうだ。ロナから預《あず》かっていた銃器は僕の不注意《ふちゅうい》により侵入者《しんにゅうしゃ》に持ち去《さ》られてしまったのだ。僕は申《もう》し訳《わけ》ない気持ちに苛《さいな》まれる。

とりあえず銃器のことも、僕が陥《おちい》っている異常事態《いじょうじたい》も全てロナに話さねばならない。そして謝《あやま》らなければ――。

そんなことを思いながらベッドから降《お》りようと足を出した。

やたらとすーすーする。

「えっ!?」

ハッとした。シャツも、靴下《くつした》も、パンツも、何も穿《は》いていない。

僕は完全《かんぜん》に素《す》っ裸《ぱだか》の状態《じようたい》で寝《ね》かされていたのだ。

(一体《いったい》、誰《だれ》がこんなことを……まさか)

嫌《いや》な予感が走った。

(もしかして……ロナが全部脱《ぬ》がしたのか?)

きっとそうだ。彼女ならやりかねない。このぐらいのこと顔色ひとつ変えずにやってしまいそうな雰囲気《ふんいき》だ。

知らぬ間に全裸《ぜんら》姿《すがた》を見られ、恥《は》ずかしくない人間などいるわけがない。ましてや、さほど年《ねん》齢《れい》の変わらない女の子とあらばショックは倍《ばい》である。

僕は軽く落ち込みながら周囲《しゆうい》を見渡《みわた》した。とりあえずこんな状態で外に出るわけにはいかない。先程《さきほど》の毛布《もうふ》に目が止まった。男が裸《はだか》を隠《かく》す場合、本来《ほんらい》ならバスタオルを腰《こし》に巻《ま》くようなスタイルがベストだと思うが、毛布の長さは優《ゆう》に僕の身長《しんちよう》を越《こ》していた。仕方《しかた》ない。僕は背中《せなか》から毛布に包《つつ》まり〝てるてる坊主《ぼうず》〟のような格好《かっこう》になった。〝勇者風《ゆうしゃふう》のマント〟に見えなくもない。間抜《まぬ》け感は拭《ぬぐ》えないが少しの間の辛抱《しんぼう》である……はずだ。

僕は毛布が落ちないよう注意《ちゅうい》しながらドアノブを捻《ひね》った――と、同時に外側《そとがわ》からドアが引かれた。

「ええっ！」

なだれ込むように子供たちが飛び込んできた。

「やっと起きたぜ〜〜〜！」

「動きましたね」

「ルーエ、こっちへいらっしゃい。お兄《にい》さんが起きましたよ」

「ほんとに？　見たい見たーい！」

「えっ!?　あ、ちょ、ちょっと！」

子供たちはそのまま僕を取り囲《かこ》んだ。男の子と女の子が二人ずつ。せがむような目で僕を見上げている。

「なぁんだ。大人じゃないじゃん。俺《おれ》たちと大《たい》して変わんねぇー」

「それはないでしょう。顔つき、体型《たいけい》から見ても一五、六歳《さい》が妥当《だとう》です」

「ニウス、お前はいちいちうるさいんだよ」

「ねぇ、リエセラ。この人って、ロナ姉《ねえ》ちゃんと同じくらい？」

「そうねぇ。ロナよりも少し小さいかしら？」

全員《ぜんいん》がほぼ同時に喋《しゃべ》るため言葉《ことば》がよく聞き取れない。

「あなたはどこかの軍《ぐん》から逃げてきたんですか？　まさかユマトよりも向こうの国？　海の向こう？」

「おい、んなこと後でいいだろ。それよりあんた名前は？　俺《おれ》はセダ！　セダ・クリスト」

『セダ』と名乗《なの》る男の子が先頭《せんとう》に出てきた。浅黒《あさぐろ》く、顔中擦《す》り傷《きず》だらけで見るからに活発《かっぱつ》そうな風貌《ふうぼう》である。年齢《とし》は一〇歳《さい》前後だろうか。

「おい、何か話せよ。お前〝星間人《デイグラント》〟なんだろ」

「セダ。まだ〝星間人《デイグラント》〟って決まったわけじゃないですよ。まだ推測《すいそく》の範囲《はんい》で――」

ディグラント――また聞いたことのない言葉《ことば》が出てきた。

「ねぇねぇっ！」

後ろから〝てるてる坊主《ぼうず》〟の裾《すそ》を思いきり引っ張られた。僕は滑《すべ》り落ちそうになる毛布《もうふ》を慌《あわ》てて抑《おさ》える。何せ中は素《す》っ裸《ぱだか》なのだ。

裾を掴《つか》んでいたのは一番小さな女の子だった。

「あたしはルーエっていうの。でもいまは大司教様《だいしきようさま》から名前を半分貰《もら》ったから、ルーエ・クリストになったんだよ」

（名前を半分貰う？）

どういう意味なのだろう。養子《ようし》ということなのだろうか。そういえば名字《みようじ》にあたる部分はセダもルーエも『クリスト』である。確《たし》かロナも同じだったはずだ。

そのとき廊下《ろうか》の向こうからぴりっとした声が響《ひび》いた。

「あんたたち！　そこはお客《きゃく》さんの部屋《へや》なんだから、勝手《かって》に入っちゃ駄目《だめ》だっていつも言ってるでしょう！」

廊下を歩いてくる音が聞こえる。ずんずん、と妙《みょう》に力強い。

「やっべえ、ロナだ。また怒《おこ》られる」

「またって……。いつも怒られているのは君《セダ》だけですよ。たまにルーエも叱《しか》られることもありますが、それはあくまで〝躾《しつ》け〟ですし。君《きみ》とボクを一緒《いっしょ》にされては困《こま》ります」

「なんだと！　このヘリクツ眼鏡《めがね》が！」

「本当のことを言っただけです」

「そうやっていっつも人を見下すような面《つら》しやがって。お前なんか大司教やロナたちに尻尾《しっぽ》振ってるだけじゃねぇか」

「そうやって嫉妬《しっと》するなら、君もそうすればいいでしょう」

「ちょっと、二人共《とも》やめなさい」

一番年長と思われる女の子が二人の間に入ろうとした。だがセダは彼女の腕《うで》を拒《こば》み、テリトリーに入れようとはしない。

「ニウス、今日こそ決着《けっちゃく》をつけてやる！」

セダは丸《まる》眼鏡の男の子に飛び掛《か》ろうとした。

「その単細胞《たんさいぼう》っぷりにはいい加減《かげん》飽《あ》き飽《あ》きします」

「あ〜……、あのさ、ちょっと」

思わず僕は真《ま》ん中に割《わ》り込み、二人の頭を取りおさえた。

「なんだか知らないけど……とりあえず落ち着けって」

「離《はな》せ！　〝星間人《デイグラント》〟のくせに！　俺《おれ》に触《さわ》んな！」

セダが僕の身体《からだ》を跳《は》ね除《の》けた。その勢《いきお》いで毛布《もうふ》が床《ゆか》に滑《すべ》り落ちる。

「あっ！」

ちょうどロナが部屋《へや》に入ってきた。

「こら、あんたたち。いつまでそこにいる気なの？　早く外へ…………!?」

目の前の光景《こうけい》に全員が息《いき》を呑《の》んだ。僕のどうしようもなく情《なさ》けない姿《すがた》に全員が注目《ちゅうもく》をしている。床にはトグロを巻《ま》いたような毛布が無残《むざん》にも転《ころ》がっていた。

「わあああ――――っっっ」

僕は大慌《おおあわ》てで床から毛布を拾《ひろ》い上げ、身体に巻きつけた。

「ごめんね。替《か》えの服《ふく》、出しておくんだった。はい、これ」

ロナが衣服《いふく》を差し出してきた。僕はまだ恥《は》ずかしい思いで頭がいっぱいだった。

「ちょっと大きいかもしれないけど」

僕は黙《だま》って受け取った。民族的《みんぞくてき》なデザインの服である。僕がいままで着ていたシャツやズボンとはまるで違《ちが》う質感《しっかん》だ。言うならばフェルトのような繊維《せんい》の圧縮《あっしゅく》された生地《きじ》である。僕はまじまじと見てしまった。

「めずらしい布地《ぬのじ》でしょう。この地方独特《ちほうどくとく》の伝統的《でんとうてき》な織物《おりもの》なの。クナはもう何百年も前から、どの国にも属《ぞく》さない場所だから。その布地のように昔《むかし》ながらの変わらない文化《ここ》がたくさん残っているのよ」

ロナはドアノブに手をかけた。

「私がいちゃ着替《きが》えられないわよね？　でも今更《いまさら》って感じでもあるんだけど」

（…………やっぱり）

服を脱《ぬ》がせベッドに寝《ね》かせたのはやはりロナだった。僕は妙《みょう》な脱力感《だつりょくかん》に苛《さいな》まれる。ロナはそんな僕を見ながら笑いを堪《こら》えていた。

「じゃあ、着方《きかた》がわからなかったら声をかけて。外にいるから」

僕は気恥《きは》ずかしい気分を拭《ぬぐ》い去《さ》れないまま、民族衣装のような服に袖《そで》を通す。初めて着る服なので構造《こうぞう》がわからない。どっちが後ろで前なのだ。手はどこから出せばいいのだろう。もぞもぞと迷《まよ》っているとドア越《ご》しにロナの声が聞こえた。

「ところで――」

「あ、はい!?」

「スレート・ランチャーはどうしたの?」

まずい。先程《さきほど》の騒《さわ》ぎで謝罪《しゃざい》の言葉《ことば》を言うのを忘れていた。

「洞窟《どうくつ》の中には無かったみたいだけど」

「あの、すみません。いきなり入ってきた人に…………盗《と》られちゃって」

「はあっ!?」

思いきりドアが開いた。僕はトランクスに似《に》た下着を穿《は》こうと片足《かたあし》を入れたところだった。

下は何もつけていない。

「ひっ!」

「あっ、ごめん」

再《ふた》びドアが閉まる。

また変な格好《かっこう》を見られてしまった。昨日《きのう》から何度目なのだ。

「——盗られたって〝男〟?」

「はい……。たぶんまだ若《わか》い、僕と同じくらいの……」

「盗賊団《とうぞくだん》の仕業《しわざ》かしら。あんな場所にまで出没《しゅつぼつ》するようになるなんて……」

「ごめんなさい、本当に。あのときは眠気《ねむけ》でボーッとしてて」

「ふう……」

ロナの声が聞こえなくなった。怒《いか》りで震《ふる》えているのだろうか。それとも呆《あき》れているのか。また鉄拳《てっけん》を喰《く》らうはめになりそうだが仕方《しかた》ない。するとロナは予想外《よそうがい》の言葉を発した。

「いいわ。命《いのち》が取られなかっただけでもマシだもの」

「え……」

「昨晩《さくばん》の飛《ひ》行型《こうがた》ゾルヘイドのこともあるし。またあの辺《あた》りには早いうちに行こうと思ってるの。そのかわり、あなたもちゃんと付いてくるのよ」

元《もと》は僕のミスなのだ。断《ことわ》れるわけがない。

「わかりました」

「あとね。そのことも大事《だいじ》だったんだけど――もうひとつ。あの子。テアのことだけど」

テア――そうだ。テアは僕より先にクナに着《こ》いているのだ。

「はい、あ、あの……テアは？」

「まだ眠《ねむ》っているわ。昨日《きのう》と同じ状態《じょうたい》のまま」

「そうですか」

やはり眠ったままなのか。

「ねぇ。あの……テアって子なんだけど……」

語尾《ごび》がよく聞き取れなかった。僕は「何ですか」とたずねる。だが――。

「いいわ。何でもない」

ロナは言いかけた言葉《ことば》を呑《の》み込んでしまった。

「それにしても不思議《ふしぎ》な子よね。寝息《ねいき》はいたって正常《せいじょう》なのに十数時間もあの状態《じょうたい》だなんて」

十数時間どころではないのかもしれない。本当はもっと気の遠くなる時間、テアはあの鉄屑《てつくず》の中で眠《ねむ》っていたんじゃないだろうか。だからあれ程《ほど》までに周囲《しゅうい》が錆《さび》ついていたのではないだろうか。それにあの『Spacerium《スペースリウム》』と書かれたプレート。あれは何だったのだろうか。

また頭が混乱《こんらん》しそうだ。

着替《きが》えが終わった僕はドアの外に出た。そこに待《ま》ち受けていたのは驚《おどろ》いた表情のロナと、先《さき》程《ほど》の一番年長と思われる女の子だった。

「へぇ〜、意外《いがい》〜。なかなか似合《にあ》ってるじゃない。ね、リエセラ」

リエセラと呼《よ》ばれた女の子はこくりと頷《うなず》いた。

鏡《かがみ》がないため自分ではどんな風《ふう》になっているのかわからない。ただ想像《そうぞう》してたのよりずっと動きやすく、風通しの良い服《ふく》だ。

「自己紹介《じこしょうかい》まだよね。この子はリエセラ。まだ見習いだけどここの護り子《シスター》」

「あの、さっきはうるさくしちゃってごめんなさい。私、リエセラっていいます」

リエセラが握手《あくしゅ》を求めてきた。

「えっと。相沢航一《あいざわこういち》です。よろしく」

「!?」

年齢《とし》は僕より少し下だろうか。控《ひか》えめな雰囲気《ふんいき》の女の子である。

急に「ふふっ」とロナが笑った。続いてリエセラも頬《ほお》をほころばせる。

「え、何ですか？」

「あはは。ごめんごめん。違《ちが》うの」

「ロナが言った通りやっぱり変わってました。〝アイザワコウイチ〟って名前」

何て説明《せつめい》すればいいのだろう。いまこの場で僕はこの世界《せかい》の人間ではないことを主張《しゅちょう》するべきなのか。落ち着いたところでじっくり聞いてもらうべきなのか。そんなことを考えているうちに、ロナとリエセラは僕の背後《はいご》に回っていた。

「うん。丈《たけ》はこれで大丈夫《だいじょうぶ》そうね。問題《もんだい》は肩幅《かたはば》かな」

「私があとで直《なお》します」

「ありがと。やっぱりこういうことはリエセラに任《まか》せるに限《かぎ》るわ」

「いいえ。私、お裁縫《さいほう》好きですし。それにこの服《ふく》は……」

リエセラが何かを言いかけた。そのとき廊下《ろうか》全体に素《す》っ頓狂《とんきょう》な声が響《ひび》き渡《わた》った。

「ロナは縫《ぬ》い物とか料理《りょうり》とか女らしいことは全《ぜん》っ然出来《ぜんでき》ないもんな〰〰」

「なっ!?」

「スレート・ランチャーを片手《かたて》で抱《かか》えられる女なんて、この世《よ》にロナしかいないぜ〰〰」

大声の発信元《はっしんもと》はセダだった。口を大きく開けニンマリと笑っている。

「こらぁ！　あんたまたサボって！　今日は〝採掘場《さいくつじょう》〟に行く日でしょう。余計《よけい》なこと言ってないでさっさと行きなさい」

セダが唇《くちびる》を尖《とが》らせた。

「だって最近何にも出てこなくてつまんねーんだもん。だいたい、採掘場《あそこ》にもう使えるやつなんて埋《う》まってないよ。あーあー、俺《おれ》もリエセラみたいにずっとここにいてぇー」

セダの首根《くびね》っこをロナが摑《つか》んだ。

「痛《いた》えってば！　離《はな》せロナ！」

「リエセラは正式《せいしき》な護り子《シスター》になるため、毎日ちゃんと大司教様《だいしきょうさま》の元《もと》で勉強してるの。それに……あんただって知ってるでしょ。リエセラは長時間、外にいられないってこと」

「そんなの、わかってるよ」

ふてくされた顔になりセダは走っていってしまった。

長時間、外にいられないとは、どういうことなのだろうか。リエセラを見ると伏《ふ》し目がちに微笑《ほほえ》んでいる。

「全《まった》く。いつになったらあの跳《は》ねっ返りが直《なお》るのやら。誰《だれ》にでも見境《みさかい》なく喧嘩《けんか》売ってくるんだから」

そういえば先程《さきほど》も眼鏡《めがね》の男の子にくってかかっていた。どうやらあのやんちゃっぷりはいつものことらしい。

「仕方《しかた》ないです。セダはまだここに来て半年足《はんとした》らずですから」

「そうだけど。『メテオラーム』にだって決まりがあるんだから。そろそろ慣《な》れてもらわないと」

また聞きなれない言葉《ことば》が出てきた。この場所の名称《めいしょう》だろうか？

「あのメテオラームって？」

「あ……そっか。メテオラームっていうのはね、ここ。この修道院《しゅうどういん》の名前よ」

「クナの谷《たに》で唯一《ゆいいつ》の修道院です」

「修道院……」

なるほど。確《たし》かにどこか厳粛《げんしゅく》な雰囲気《ふんいき》が漂《ただよ》う建物《たてもの》である。

「私もリエセラもこの中に住んでいるのよ」

率直《そっちょく》な疑問《ぎもん》が沸《わ》いた。

「それは住み込みでシスターをやってるってこと？」

二人は一瞬《いっしゅん》きょとんとした目になった。するとロナが吹《ふ》き出した。何かおかしなことを言ったのだろうか。

「そうじゃなくて。私たちは子供の頃《ころ》からずっと『メテオラーム』で暮《く》らしてるの。みんなそれぞれ事情《じじょう》があって、両親《りょうしん》を亡《な》くした子もいれば隣国《りんこく》から預《あず》けられた子もいる」

孤児院——ということか。では先程の子供たちも身寄《みよ》りのない孤児ということになる。さばけた口調《くちょう》でロナが言葉《ことば》を漏《も》らした。

「その中でもいまは私が一番の古株《ふるかぶ》。私は赤《あか》ん坊《ぼう》の頃《ころ》からずっと『メテオラーム』育《そだ》ちなのよ」

うまい言葉が出てこなかった。ロナはずっと明るい表情のまま、何気《なにげ》ない日常《にちじょう》の出来事《できごと》を話しているようだった。

ふと父さんのことを思い出した。

母さんとまだ小さかった僕を置いて、一人で消えてしまった人のことを――。くそ。父さんのことを考えるとどうしてこんなに嫌《いや》な感情が渦巻《うずま》くのだろう。

ペチッとおでこを弾《はじ》かれた。

「また遠い目になってるわよ。何か思い馳《は》せてた？　大事《だいじ》なこと？」

「…………や、別に」

「そう。ええっと、あなたのことは何て呼《よ》べばいい？　〝アイザワコウイチ〟じゃちょっと長いでしょ」

僕はコウイチと呼んでくれと告《つ》げた。

「了解《りょうかい》。コウイチね。じゃ、行きましょう」

ロナは僕の腕《うで》を思いきり引っ張った。

「あの、どこに!?」

「テアのところ」

ロナは踵《きびす》を返し颯爽《さっそう》と歩き出した。

髪《かみ》を揺《ゆ》らし僕の前を進んでいく女の子《ロナ》の背中——。

「あれ⁉」

一瞬《いっしゅん》、何かと被《かぶ》った。頭のどこかにある記憶《きおく》だ。

似《に》たような光景《こうけい》をどこかで見た覚《おぼ》えがある。でもそれは何時《いつ》だったのだろう。どんなシチュエーションだったかは思い出せない。

僕は奇妙《きみょう》な感覚《かんかく》に包《つつ》まれながらロナの後を追った。

θ

テアは別塔《べっとう》の一室《いっしつ》にいるとのことだった。修道院《メテオラーム》の戒律上《かいりつじょう》、男女が同じ建物内《たてものない》で生活をすることは禁《きん》じられているらしい。

途中《とちゅう》の渡《わた》り廊下《ろうか》から変わった形の建物が見えた。放物線《ほうぶつせん》のように天に高く伸《の》びた建物だ。少し斜《なな》めに傾《かたむ》いている。周《まわ》りにはツタの葉《は》が生《お》い茂《しげ》っており、不気味《ぶきみ》な存在感《そんざいかん》を醸《かも》し出していた。

妙《みょう》に気になる。僕はストレートに聞いてみた。

「あの地面から突《つ》き出たような建物《たてもの》って？」

「あれは『テルオーラ塔《とう》』といって大司教様《だいしきょうさま》がいらっしゃるところよ。あそこでいつもお祈《いの》りをされてるの。そして世界《せかい》中の書物《しょもつ》を読まれている」

「へえ……」

「あそこは私たちのようなまだ修行《しゅぎょう》中《ちゅう》の護り子《シスター》は入ることは許《ゆる》されてなくて『神官《しんかん》』以上でないと入室は許可《きょか》されてないの」

続いてリエセラが言葉《ことば》を重ねる。

「大司教様は一番星《いちばんぼし》が輝《かがや》く頃《ころ》、私たちのいる塔へお戻りになられます。そのときはコウイチさんもお話することが出来《でき》ますよ。相談事《そうだんごと》も聞いてくださいます。とても穏《おだ》やかな優《やさ》しい方です」

正直《しょうじき》、僕は宗教《しゅうきょう》等《とう》への信仰心《しんこうしん》は全《まった》くない。だが、二人がそれ程《ほど》までにいうすごい人なら、僕の置かれている状況《じょうきょう》について何かヒントをくれるかもしれない。僕は〝大司教様〟に少し興味《きょうみ》を持った。

テアがいる塔は修道院《メテオラーム》の離《はな》れに位置《いち》する建物だった。重厚《じゅうこう》な石造《づく》りで頑丈《がんじょう》そうである。長い螺旋階段《らせんかいだん》を上るとそこには分厚《ぶあつ》い木の扉《とびら》があった。大きな南京錠《なんきんじょう》がふたつもかかっている。

（まるで閉《と》じ込められてるみたいだな）

ふと疑問《ぎもん》が湧《わ》く。何故《なぜ》ここまで厳重《げんじゅう》にするのだろう。なんとなく解《げ》せない思いだ。

「どうぞ」

リエセラが錠《かぎ》を解《と》くとそこには広い空間が拡《ひろ》がっていた。

窓際《まどぎわ》にベッドがひとつ——だがそこにテアの姿《すがた》はなかった。

「いない？　どうして？」

「そんな。おかしいですね。さっきまでそこで眠《ねむ》ってらしたのに」

すると、部屋《へや》の隅《すみ》から何か物音が聞こえた。ペチペチと何かを叩《たた》いている。

「あ……！」

そこには床《ゆか》にペタンと座《すわ》っているテアの後ろ姿があった。

「テア!?」

「起きたの!?」

僕はすぐさまテアに駆《か》け寄《よ》った。

ふんわりと桜色《さくらいろ》に上気《じようき》している頬《ほお》は昨日《きのう》と変わらなく見える。だがテアは瞳《め》を開けていながらも意識《いしき》が遠くに飛んでいるようだった。まるで画面《がめん》が真《ま》っ暗《くら》になったパソコンのスリープ状《じよう》態《たい》のときのようである。

もう一度小さく名前を呼《よ》んでみた。

すると、テアの瞳《め》が微《かす》かに動いた。

「反応《はんのう》した!?」

「コウイチ、もう一度呼《よ》んでみて」

「あ、はい。——テア」

だがテアは目覚《めざ》めない。

そのとき背後《はいご》に人の気配《けはい》が感じられた。振り向くとそこには黒いベールを被《かぶ》った一人の女性が立っていた。

「大司教様《だいしきょうさま》！」

ロナが声をあげた。

（この人が大司教様——）

顔が見えないため年齢《とし》の程《ほど》はわからないが、首筋《くびすじ》の皺《しわ》などを見る限《かぎ》りかなりの高齢《こうれい》に思える。

「大司教様がどうしてこちらへ？」

「うむ。ちょっとそこの子に用があってな」

大司教は僕のほうを向いた。じっと僕を見ているようだ。するとローブの中から皺だらけの手を出した。その手は何かを掴《つか》んでいる。

「こいつは……そなたの物かな」

大司教が懐《ふところ》から出したもの——それは僕のノートPCだった。指の隙間《すきま》からはスタンバイ中を示《しめ》す表示《ひょうじ》ランプが点灯《てんとう》していることが窺《うかが》える。

驚《おどろ》いた。まさかここで愛機《あいき》が出てこようとは思ってもみなかった。ロナが慌《あわ》てた様子《ようす》で大司

教に歩《あゆ》み寄る。

「大司教様《だいしきようさま》、どこからそれを」

「ロナ、昨晩《さくばん》お前が使っていた『ファプタ—』の後部座席《こうぶざせき》に落ちていたんだよ」

それはどこかからかっているような、含《ふく》みのある言い方だった。ロナはばつが悪そうに首をすくめる。

「すみません。私、その。すっかり忘れてて」

「お前は〝谷《クナ》〟を護《まも》るしっかり者でもあるが、ごくたまに小さなドジをやらかす。天運《てんうん》が悪いときにはそれが大きな災《わざわ》いになることもあるかもしれない。今後、重々《じゅうじゅう》に気を付けなさい」

「はい……」

「——だが、今回はそれが幸《さいわ》いしたようだ」

「え？」とロナとリエセラは顔を見合わせる。

大司教は向《む》き直《なお》り僕にノートPCを差《さ》し出した。

「ノートPCは……そこに座《すわ》っている〝娘《むすめ》〟のものではないな？」

僕は大きく頷《うなず》いた。

「そうか」

大司教は床《ゆか》に座っているテアに目を向けた。相変《あいか》わらず〝ほわん〟とした瞳《め》で遠くを眺《なが》めている。窓辺《まどべ》に止まっている小鳥《ことり》を見ているようだった。

「では、そなたに返さないとな」

僕はノートＰＣを受け取ろうと手を伸《の》ばす。

ハッとした。

底面《ていめん》が起動《きどう》時《じ》のように熱くなっているのだ。昨晩《さくばん》の動かなくなってしまった状態《じょうたい》とは違《ちが》うようである。

（まさか立ち上がるようになったのか？）

僕は慎重《しんちょう》にノートＰＣを開いた。

「!?」

そこには見慣《みな》れたデスクトップ画面《がめん》が表示《ひょうじ》されていた。落書《らくが》きで描《えが》いたロボットのＣＧも、フォルダも全《すべ》て元《もと》通りの配置《はいち》に戻っている。

心の奥《おく》に光が差し込んできた。欠《か》けてしまった自分の一部が奇跡《きせき》的《てき》に戻ってきたような、そんな気分である。決《けっ》して大袈裟《おおげさ》な言い方ではない。大事《だいじ》な愛機《あいき》が復活《ふっかつ》したのだ。

「良かった……」

昨日《きのう》のテアのように思わずノートＰＣに抱《だ》きついてしまいそうな勢《いきお》いだ。

そのとき背後《はいご》からしわがれた笑い声が漏《も》れた。

「そんなに大事な物だったのか？」

「あっ。はい……」

「そうか。私らにはそれがどんな道具で何をするためのものなのか、さっぱりわからんがね」

　穏《おだ》やかな口調《くちょう》で大司教《だいしきょう》は呟《つぶや》いた。ベールで覆《おお》われているため表情はわからないが、とりわけ僕の素性《すじょう》を問《と》いただしているわけではないように思える。

　ロナが少し臆《おく》した口調で尋《たず》ねた。

「大司教様。先程《さきほど》の〝幸《さいわ》いした〟っていうのはどういう意味なんですか？」

　大司教はすぐに言葉《ことば》を発しなかった。

　重ねるように「大司教様？」とリエセラが問《と》いかける。

「……リエセラ。ちょっと一階《いっかい》まで行って私の杖《つえ》と椅子《いす》を持ってきてくれんかね？　ここの階《かい》段《だん》はさすがにきつくてな」

「あっ、はい。わかりました。すぐにお持ちします！」

「急がなくていい。ゆっくりで構《かま》わないから」

　だがリエセラは大司教の声には耳を傾《かたむ》けず、大慌《おおあわ》てで螺旋《らせん》階段を下りていった。

　素早《すばや》くロナが大司教に駆《か》け寄《よ》り、身体《からだ》を支《ささ》えようとする。だが、

「いいや、大丈夫《だいじょうぶ》だ。あのくらいの運動《うんどう》でへたばる程《ほど》、ヤワじゃない」

　と、大司教はロナの腕《うで》をほどき、ゆっくりとした歩調《ほちょう》で進み始めた。

「大司教様？」

「ロナ、夕食が済《す》んでからで構わない。『テルオーラ』の裏手《うらて》まで来なさい」

テルオーラ。

先程《さきほど》の『テルオーラ塔《とう》』のことだろうか。ここに来る前に見た放物線上《ほうぶつせんじょう》に伸《の》びた変わった建《たて》物《もの》のことである。

「そう。お前と――」

「『塔』に。私が、ですか？」

大司教はおもむろに僕の前に立った。

「この少年――アイザワコウイチの二人だけでな」

「えっ？」

いきなりの名指しに意表《いひょう》を突《つ》かれた。

「ロナから聞いておるよ。変わった名前の少年と眠《ねむ》ってばかりいる少女を〝東の森〟で助《たす》けたとね。申《もう》し遅《おく》れたが私は『第五代目ラー・クリスト』。『メテオラーム』の代表を務める者だ」

ふとルーエの言葉を思い出した。確《たし》か名前を半分貰《もら》い『ルーエ・クリスト』になったのだと。

「よろしくな」と、大司教が差《さ》し伸《の》べてきた。僕はその手を握《にぎ》り返す。骨《ほね》ばった指。掌《てのひら》は異様《いよう》に硬《かた》く、潰《つぶ》れた肉刺《まめ》のような跡《あと》が幾《いく》つもある。長期《ちょうき》に渡《わた》り力仕事《しごと》をしていた手のように思えた。何か重たいものを運《はこ》ぶなどの重労働《じゅうろうどう》をしていたのだろうか。

真向《まむ》かいに立っていたロナは〝合点《がてん》のいかない〟といった表情で僕と大司教のやりとりを見ていた。

「ロナ。お前が『テルオーラ』に呼《よ》ばれたことは、リエセラや他の護り子《シスター》、もちろん子供たちにも内緒《ないしょ》だ。いいね？」

「……わかりました」

どうやらリエセラに用事《ようじ》を頼《たの》んだのはこのことを僕たちに伝《つた》えるためだったらしい。

そのとき——。

〝くっ〟といきなりズボンの裾《すそ》を引っ張られた。僕は驚《おどろ》き、すぐさま下を見る。するとそこには縋《すが》るような瞳《め》をし、じっと僕を見上げるテアの姿《すがた》があった。

「テア⁉」

その視線《しせん》はノートPCに集中していた。昨日《きのう》と同じだ。また〝アル兄様《にいさま》〟を思い出しているのだろうか。

僕は中腰《ちゅうごし》になりテアの目線《めせん》に合わせる。するとテアはノートPCを持つ僕の腕《うで》をしっかりと両手で掴《つか》み、液晶《えきしょう》をまじまじと覗《のぞ》き込み始めた。長い髪《かみ》が僕の頬《ほお》をかすめる。微《かす》かに漂《ただよ》うジャスミンような芳《かぐわ》しい香《かお》りに、心が酔《よ》いそうになる。

これがペットの類《たぐ》いだったら何の疑問《ぎもん》も湧《わ》かない行動だが。

相手《あいて》は人だ。

しかも綺麗《きれい》な女の子である。

いちいち緊張《きんちょう》してしまうこちらの身《み》にもなって欲《ほ》しい……。

「おい、テア。わかったから。ノートPCはこっちに置《こ》い《い》っ《っ》から」

僕はノートPCを床《ゆか》の上に置いた。

「あ……っ」

テアはまるで猫《ねこ》じゃらしに夢《む》中《ちゅう》の子猫ように後を追い、おっかなびっくりな手つきでキーボードを触《さわ》り始めた。その無邪気《むじゃき》な姿に「ふう」と息《いき》が漏《も》れる。

何故《なぜ》だかわからないが僕はこの不思議な少女をどうしても放っておけない気持ちになるのだ。僕の深い部分と彼女のどこかが、細く見えない糸で繋《つな》がっているような――そんな思いが湧き上がってくるのだ。

「その娘《むすめ》はテアというのか？」

大司教《だいしきょう》が尋《たず》ねてきた。

「あ、えっと……たぶん」

ロナが同様《どうよう》に質問《しつもん》を重ねる。

「私もその辺《へん》の事情《じじょう》、聞いてみたかったの。二人はどうしてあんな場所にいたの？　何の移動《いどう》手段《しゅだん》も持たずに〝東の森〟の奥地《おくち》に入り込むなんて不可能《ふかのう》に近いわ。あそこは深い岸壁《がんぺき》を越《こ》えないと辿《たど》り着けない場所だもの。それに、あの先には〝海〟しかないんだし」

やっと全《すべ》ての事情を話せるときが来た、と僕は逸《はや》る気持ちで一連《いちれん》の流れを話し始めた。研修生《けんしゅうせい》として木星圏《もくせいけん》に向かっていたことも。その『宙域船《ちゅういきせん》』が何らかの事象《じしょう》に巻《ま》き込まれたことも。そして気が付いたら波打《なみう》ち際《ぎわ》に倒《たお》れていたことも。

だが打ち明けているのと同時に強い不安もあった。ロナと大司教《だいしきよう》は僕が別の世界《せかい》から飛ばされてきた人間だということを知ったら、どんな反応《はんのう》をするだろうか。もしも自分が逆《ぎやく》の立場だった場合、主張《しゆちよう》しているその人間を怪《あや》しむことは間違《まちが》いないだろう。

だが二人のリアクションは予想外《よそうがい》だった。

「やはりそうか」と大司教は呟《つぶや》き、ロナもあまり驚《おどろ》いていない表情で、むしろ別のことに慌《あわ》てている様子《ようす》だった。

「大司教様。じゃあ彼は、コウイチは。やっぱりユマトの古文書《こもんじよ》に書かれていた——」

(古文書？　ユマト？)

ユマトは前にも聞いたことがある言葉《ことば》である。おそらく国の名前だと思われるが。

そのとき、小さな電子音《でんしおん》が室内に響《ひび》いた。

一回、二回…………三回。

その後、電子音を追うように壁《かべ》から天井《てんじよう》へ眩《まばゆ》い電光が走った。実験《じつけん》用に発生《はつせい》させた小規模《しようきぼ》の雷《かみなり》のようである。

「何なの、これ？」

ロナが咄嗟《とつさ》に大司教の身《み》を庇《かば》う。

僕はまたノートＰＣに異変《いへん》が起こったのかと思い、本体に駆《か》け寄《よ》った。だが電子音はノート

　ＰＣからではない。「まさか」と思いながら、僕はその対象物に目を向ける。不安は的中《てきちゅう》した。

　——テアだ。

　明らかにその電子音はテアの方向から聞こえていた。

（あんな音、一体どこから？）

　僕は恐《おそ》る恐るテアに近付き、注意《ちゅうい》深く耳を寄せた。すると電子音の発信元《はっしんもと》がわかった。どうやら小さな耳飾《みみかざ》りより響いているらしい。

　テアは先程《さきほど》と同様《どうよう》にぼんやりしたままである。

　僕は肩《かた》を揺《ゆ》らし、もう一度名前を呼《よ》びかけてみた。

　すると——。

　テアの表情に変化が起こり始めた。

　虚《うつ》ろだった瞳《め》は光を取り戻し、窓《まど》から注《そそ》がれている陽《ひ》を採《と》りこんだかのように輝《かがや》き始めた。

　続いて〝ぱちり〟と瞬《まばた》きをした後、テアは僕の顔をしっかりと覗《のぞ》き込んだ。

　そして一言《ひとこと》。

「コウイチ——」

と、言葉《ことば》を発《はっ》した。

衝撃的《しょうげきてき》だった。テアが初めて僕の名前を呼《よ》んだ。

「テア!?」

その後テアは微《かす》かな笑《え》みを浮かべ、今度は静《しず》かに僕の名を唱《とな》えた。

「あ、あの……」

僕は何かキケンなものに頭の中をのっとられてしまったかのようだった。驚《おどろ》きと嬉《うれ》しさと、いままでに感じたことのない妙《みょう》な気持ちが入り混《ま》じる。

「コウイチ?」

「…………」

何だ、得体《えたい》の知れないこの感覚《かんかく》は。僕はこの感情を何を呼べばいいのかわからない。そんなふわふわしている僕をロナはおもむろに跳《は》ね除《の》け、テアに歩《あゆ》み寄《よ》った。

「言葉が話せるのね、テア」

「ん……」

テアは首を縦《たて》に振った。

「そう、安心したわ」

「もう大丈夫《だいじょうぶ》……。ここに、動けるぶんはチャージしたから。暫《しばら》くは起きていられると思う……」

そう言ってテアは胸《むね》の辺《あた》りを押さえた。

「ここにって？　胸……？」

テアは困惑《こんわく》した表情のロナに、テアは「ふふっ」と少しいたずらな笑みを浮かべ、バランスを崩《くず》しながら再《ふた》び僕の前に歩み寄った。そして、

「コウイチ……あのね」

と、少し照《て》れたような表情で僕を見上げた。紅《あか》い輝《かがや》きを持つ瞳《め》に光が注《そそ》ぎ込まれ、昨日《きのう》とはまた違《ちが》う明るい印象《いんしょう》を放っている。

――ドクン。

心音《しんおん》が大きく唸《うな》った。

「どうしたの……？　私の顔に……何か付いてる？」

「あっ、ううん!?　そうじゃなくて!!」

見惚《みと》れてしまっていただけである。

するとテアはいきなり僕の手を両手で握《にぎ》り「来て」と引っ張った。

「えっ？」

「こっち。コウイチに見て欲《ほ》しいものがあるの……」

僕は成《な》すがままに連れて行かれる。

一瞬《いっしゅん》ロナと目があった。ちょっと呆《あき》れているような、そんな目つきである。大司教《だいしきょう》はただ黙《だま》

って僕たちの様子《ようす》を見ているようだった。

テアは床《ゆか》に置かれていたノートPCを拾《ひろ》い上げ、液晶《えきしよう》を僕のほうに向けた。

「ここを見て……」

「うん……？」

テアの細い指が差《さ》した先。そこには見たことのない形のアイコンが表示《ひようじ》されていた。〝紫色《むらさきいろ》のビー玉〟のような3Dである。中では不可思議《ふかしぎ》な幾何学模様《きかがくもよう》が回転《かいてん》していた。

「!? 何だ、これ。こんなの入れた覚《おぼ》えないぞ」

するとテアがそっと僕の耳に手を添《そ》え、耳打ちをしてきた。

「それ、私《テア》の印《しるし》だから……。消さないでね……」

「…………」

またいきなり何を言い始めたんだと思い、僕はすぐさまアイコンの情報《じようほう》をチェックする。

〝紫色のビー玉〟のメモリは凄《すさ》まじい数値《すうち》であった。通常《つうじよう》のゲームソフトの数百倍《すうひやくばい》はある。何度かダブルクリックしてみたものの、全《まつた》く開く気配《けはい》がない。

「これ、テアが入れたの？」

「うん……」

「本当に!?」

（こんなに重たいソフト、いつの間に。それにどっからインストールしたんだ？）

当然《とうぜん》ではあるが残りディスクの残量《ざんりょう》も思いきり減《へ》っていた。ソフトによっては動作《どうさ》環境《かんきょう》に支《し》障《しょう》を来《きた》す程《ほど》だ。

僕は不審《ふしん》な思いでテアを見た。

するとテアはいきなり〝しゅん〟とした顔になった。

(一体《いったい》、何なんだよこの子は)

すると意外《いがい》にもテアはいきなり〝しゅん〟とした顔になった。

「コウイチ？　怒《おこ》ってる？」

「あ……っ？」

「コウイチ、いま、ちょっとだけ……怖《こわ》い顔したから」

「え……っと」

違《ちが》う。そういうつもりではなかった。そんな顔をしたつもりはなかったのだが。

「勝手《かって》に入れちゃって……ごめんなさい」

テアは申《もう》し訳《わけ》なさそうに深々と頭を下げた。そんな風《ふう》にされると僕も心苦《ぐる》しい。それに元々《もともと》責《せ》めたつもりはないのだ。

それとは別に、動揺《どうよう》するテアの姿《すがた》が妙《みょう》に可愛《かわい》らしく見え、僕はヘンなところでまたあたふたしてしまった。

横では切《せつ》ない表情のテアが僕を見上げている。

「い、いいよ、全然《ぜんぜん》。えっと、設定《せってい》いじれば何の問題《もんだい》もないと思うから」

そんな僕たちを傍目《はため》にロナが溜《た》め息混《いきま》じりの言葉《ことば》を漏《も》らした。

「二人とも謎《なぞ》だらけ、ね」

そのとき階段《かいだん》を駆《か》け上がってくる音が徐々《じょじょ》に近付いてきた。分厚《ぶあつ》い木の扉《とびら》が勢《いきお》いよく開く。

そこには肘付《ひじつ》きの椅子《いす》を抱《かか》えながら、杖《つえ》を五本、両脇《りょうわき》に落とすまいと差《さ》し込んだリエセラが立っていた。はぁはぁ、と肩《かた》で息《いき》をしながら苦《くる》しそうな笑顔《えがお》を作り、大司教《だいしきょう》の前へと進んでいく。

だがその足元《あしもと》はヨロヨロとふらついていた。助《たす》けるようにロナが椅子を受け取る。

「ちょっとリエセラ、どこまで行ってたのよ」

「す、すみません。遅《おそ》かったですよね？」

「そうじゃなくて」

「リエセラ……」

大司教が落胆《らくたん》したような渋《しぶ》い声を漏《も》らした。

「この椅子は私がいつも使っているものじゃないか。しかも杖まで……こんなにたくさん持ってきて。わざわざ本院《ほんいん》まで行ってきたのかい？」

「あ……はい。大司教様がいちばん身体《からだ》を休められるのは、やっぱりこれかなと思いまして……。あと、杖はどれが使いやすいのかわからなかったものですから。とりあえず全部、持ってきてしまったんですけど……」

「私は一階から持ってきておくれ、と言ったつもりだったんだがね？　全《まった》く。これではいつまで経《た》っても正式《せいしき》の護り子《シスター》にはなれぬぞ」

黒いベールの下はおそらく目じりが下がっているのだろう。そう思わせる口調《くちょう》で大司教は大《たい》層《そう》な椅子に腰《こし》を下ろした。どうやら、このリエセラという女の子は少しドジっ子らしい。

「あの、私……また何か違《ちが》うことをしてしまいましたか？」

戸惑《とまど》った表情のリエセラがおずおずと尋《たず》ねる。その姿《すがた》にロナは失笑《しっしょう》し、リエセラの肩《かた》に手を置いた。

「いいのよ。別に間違ったわけじゃないから。ただちょっとリエセラが〝真面目《まじめ》〟過《す》ぎるだけ」

「真面目……ですか」

「お前は本当に『オルセラ』そっくりだな」

オルセラ――？

誰《だれ》のことだろう。さっきの子供たちにそんな名前はいただろうか。リエセラが〝くしゃっ〟とはにかんだような表情になる。

「兄《にい》さんもよくみんなに笑われてましたよね。いっつも変なことして、予想《よそう》に反《はん》する行動ばかりするって」

「ふふ。そうだったわね」

――――。

なんだろう。ほんの数秒《すうびょう》だが一同《いちどう》に妙《みょう》な沈黙《ちんもく》があった。

だがそれを思いきり破《やぶ》ったのはテアだった。

「あなたにも兄様《にいさま》がいるのね……？」

「えっ？　あっ？　起きられたんですね!?」

ふわっと跳《は》ねるように、テアはリエセラに駆《か》け寄《よ》った。

「私にもいるのよ。優《やさ》しいし格好《かっこう》良いんだけど。……ちょっとだけ変わった兄様が」

「そ、そうなんですか」

急な接近《せっきん》にリエセラは戸惑《とまど》っている。

「兄様はとにかく朝寝坊《あさねぼう》でね……。辛《から》いものが嫌《きら》いでね……」

「は、はい」

「星《ほし》を眺《なが》めることがとても好《す》きだったの。毎晩《まいばん》テアに星の名前を教えてくれてた。だからいつも〝早く夜になれ、いっそ昼間《ひるま》なんか無くてもいいんだ〟とか言ってて……」

「それは少し変わってますね」

「うん……。それでいて兄様はものすごく強いの」

強いの。

ドキリとした。その言葉《ことば》を発《はっ》した瞬間《しゅんかん》、テアから得体の知れない凄みを感じた。心の奥底《おくそこ》を極細《ごくぼそ》の針先《はりさき》で、刺《さ》さずに、ただなぞられるだけような——ギリギリの恐怖感《きょうふかん》である。

（何だ、今のは）

残る三人を見回してみたが誰《だれ》も動じていない様子《ようす》である。

僕だけが感じたのか。

とりあえず深呼吸《しんこきゅう》をして気持ちを整《ととの》えてみる。

（気のせいか……）

テアの様子《ようす》は変わらず、一方的《いっぽうてき》な兄様の話題《わだい》に嬉《うれ》しそうなまま、リエセラに語《かた》りかけていた。

そんなテアにロナが近付く。

「テア、ちょっといい？　少し教えてほしいんだけど。テアはどこから来たの？」

「どこから……？」

「ええ。〝谷《クナ》〟の生まれじゃないわよね？」

「え……？」

テアは目を丸《まる》くした。全《まった》く知らないことを尋《たず》ねられた時のような、そんな表情である。

「あ、私は…………」

考え込んでいる。そんなテアの様子を大司教《だいしきょう》はじっと静観《せいかん》しているようだった。僕の目にその行動はどこか不穏《ふおん》な、意味ありげなものに映《うつ》った。

テアは頭を掻《か》きむしるかのように両手を額《ひたい》に置いた。

「私は……あれ………」

固《かた》まったようにテアが動かなくなった。

「どうしたの？　テア？」

「記憶《データ》が出てこない？　どうして？　なんで……」

「落ち着いて」

取り乱《みだ》し始めたテアを諌《いさ》めようとロナが肩《かた》に触《ふ》れようとする。だが僅《わず》かな差《さ》でテアは歩き出し、窓際《まどぎわ》のほうへ向かっていった。

「アル兄様は、いつもこんな感じの窓際に……背中《せなか》を向けて座《すわ》ってて。横には笑ってる母様《かあさま》が見える……。いつもみたいに私を呼《よ》んで。母様はシアワセって、いまが一番シアワセだって言うの。でもそこから先が出てこない……。見えない……」

薄紫色《うすむらさきいろ》の髪《かみ》が光に透《す》けていた。窓際に天使《てんし》が立っているみたいでとてもきれいである。だがテアの後ろ姿は空を仰《あお》いではおらず、真下《ました》の地面を見ているようだった。

「母様……アル兄様……」

僕は「テア！」と飛び出した。

テアは何かに怯《おび》えているかのように身体《からだ》を震《ふる》わせていた。紅《あか》い瞳《め》は微《かす》かに潤《うる》んでいる。

「大丈夫《だいじょうぶ》か？　テア」

「コウイチ……」

テアはそのまま僕にもたれかかってきた。そして小声《こごえ》で僕に囁《ささや》いた。

「コウイチ。この子だけじゃ、やっぱり足《た》りないみたい」

「え?」

テアはノートPCを抱《だ》き締《し》めていた。

(この子って、まさか……?)

テアが言う〝この子〟とは僕のノートPCを指しているのか。先程《さきほど》の奇妙《きみよう》なアイコンとテアのコンディションには何か直接的《ちよくせつてき》な関係《かんけい》があるのだろうか。

「――がいないと、私、駄目《だめ》で。動けなく……なっちゃ……う……」

途切《とぎ》れ途切れにテアが呟《つぶや》いた。よく聞き取れない。僕はテアの口元《くちもと》に耳を寄《よ》せた。

「テア!? 何がいないと駄目なんだ」

「…………ソウマ」

そうま? 聞いたことがある。ごく最近の記憶《きおく》だ。僕はどこかでその単語《たんご》に触《ふ》れている。

「そうま……ソウマ……!?」

思い出した。昨日《きのう》ノートPCに来たメールの一文《いちぶん》にあった単語だ。僕は急いでノートPCのメール欄《らん》を確認《かくにん》する――あった。冒頭《ぼうとう》の部分だ。

(no subject)

ソウマハ　イマ　ドコニイルノ？

「これだ！　〝ソウマはいまどこにいるの〟」

僕は倒《たお》れそうなテアを支《ささ》えながら、全神経《ぜんしんけい》を脳《のう》ミソに集中する。

「…………まさか」

わからない。よくわからない。あくまで憶測《おくそく》だが。

この差出人《さしだしにん》不明《めい》のメールはテアから何らかの方法で送信《そうしん》されたものだったのだろうか。

そう考えるとメールの内容《ないよう》も、先程《さきほど》の勝手《かって》にインストールされていたビー玉《だま》のようなアイコンも、テアの「ノートPCだけじゃ足りない」といったニュアンスのメッセージも、どこか繋《つな》がるような気がする。よく考えれば点と点が結《むす》びつくような――。

背後《はいご》では心配《しんぱい》そうな声でリエセラがロナに尋《たず》ねていた。

「またベッドに寝《ね》かせてあげたほうがいいんじゃないですか？」

「そうね。そうなんだけど……」

ロナが判断《はんだん》に迷《まよ》っている、といった声色《こわいろ》で呟く。

次の瞬間《しゅんかん》、カツン、と大司教《だいしきょう》が杖《つえ》を床《ゆか》に突《つ》き刺《さ》した。それは何かを示《しめ》す合図《あいず》のようだった。

「とりあえず、今日のところはまだ眠《ねむ》らせておいてあげなさい。私らはこの娘《むすめ》には何もしない
――何かしようとするのは別の者たちであろう」

「……？」

どういう意味だ。何かしようとするって。――テアを狙《ねら》う者がいるということか。

僕は思わず大司教《だいしきよう》に向かい声を上げた。

「あの、大司教……様《さま》。いまの言葉《ことば》はどういう意味なんですか？　別の者って。誰《だれ》かがテアに何かするかもしれないんですか？」

大司教は暫《しば》くの間、杖《つえ》に身体《からだ》を預《あず》けながら僕たちを見据《みす》えていた。

「まだはっきりしたことはわからない。ただその可能性《かのうせい》を大《おお》いに秘《ひ》めた娘《むすめ》だということだ」

「…………何だって」

「私がこうしてこの場所に来たのは、その娘『テア』の生態《せいたい》をいま一度確認《かくにん》するため。そして――」

大司教は緩《ゆる》やかに杖を振り上げ、僕の鼻先《はなさき》に差《さ》し向けた。

「――そなた。『アイザワコウイチ』の存在《そんざい》を知るため」

「僕の……存在？」

「ああ。おそらくそなたは『星間人《ディグラント》』と呼《よ》ばれる者」

リエセラが「やっぱり」と小声《こごえ》を漏《も》らし、すぐさま口を押さえた。

ディグラント――セダが僕に向かって叫《さけ》んだ単語《たんご》である。

「ロナ、後は先程《さきほど》告げた通りだ」

「私はそろそろ『テルオーラ』に戻らねばならない。リエセラ、済《す》まぬが下まで手を引いていっておくれ」

「わかりました」

「は、はい」

大司教はそろそろと立ち上がり、部屋《へや》の敷居《しきい》を跨《また》いだ。そして静《しず》かに振り返り、僕とテアに目を向けた。

「コウイチ、お前は〝星間人《デイグラント》〟である運命《さだめ》と、その娘——テアに出会ってしまったことにより、二重の宿命を背負《せお》わねばならなくなってしまったのかもしれないな」

二重の宿命《しゆくめい》——。

のし掛《か》かるような重い響《ひび》きに僕は愕然《がくぜん》となる。

「大司教様!」

僕は真相《しんそう》を確《たし》かめたく、大司教の後を追う。

「〝ディグラント〟って何なんですか? ぼ、僕は、西暦《せいれき》二四八六年、五月二九日に生まれた地球人《ちきゆうじん》で、木星圏《もくせいけん》に旅《たび》をしていただけで。さっきも言ったけど……僕はここの、この世界《せかい》の人間じゃないんです!」

だがそんな僕を止めるようにロナが手を広げ、扉《とびら》の前に立ちはだかった。

「コウイチ、それを言葉《ことば》にしちゃいけない！」

「ロナ⁉　どうして？」

「殺されるかもしれないからよ」

「こ……っ⁉」

胸《むね》を射抜《いぬ》かれたような衝撃《しょうげき》だった。

殺される——殺されるだって？　何だそれ？

大司教《だいしきょう》はそれ以上言葉を発しないまま、重たい木の扉《とびら》は閉められた。

「ロナ！〝ディグラント〟って一体何なんだ？　僕はそんな風《ふう》に呼《よ》ばれる人間じゃない！」

ひと呼吸《こきゅう》おいた後、冷静《れいせい》な口調《くちょう》でロナが応《こた》え始めた。

「そうね、コウイチ。そう言いたい気持ちはわかるわ。でもさっきあなたが口走ったこと。星《ほし》の海を旅《たび》する途中《とちゅう》、ここに来たということ。それが〝星間人《ディグラント》〟である何よりの証拠《しょうこ》なのよ」

言葉を失《うしな》った。

〝ディグラント〟とは『宙域船《キング・オブ・ミーメニア号》』に乗《の》っていた人間を指《さ》す言葉なのだろうか。

横ではテアが床《ゆか》に置《お》き去《ざ》りにされていたノートPCを愛《いと》おしそうに抱《だ》き締《し》めていた。その表情はまるでペットの温《ぬく》もりに触《ふ》れたときのような安心感《あんしんかん》に包《つつ》まれている。

テアとノートPC——。

僕は〝ディグラント〟と呼ばれる存在《そんざい》——。

そして殺される可能性《かのうせい》がある——。

「何だよ、それ」

〝様々《さまざま》な謎《なぞ》〟と〝身《み》の危険《きけん》〟をいっぺんに投げかけられた僕は、もはやパニックという状態《じょうたい》を通り越《こ》しており、薄《うす》ら笑いすら浮かべたくなっていた。

あとがき

本書を手に取ってくださった心優《やさ》しい御方様《おかたさま》。ありがとうございます。

初めまして。雨宮《あまみや》ひとみと申《もう》します。

もしかしたら「電撃《でんげき》㋮王」にてお会いしていたかもしれませんが。それはそれで、また再会《さいかい》出来《でき》ましたことに深謝《しんしゃ》の思いです。

さて本タイトルについてですが。少しだけ、その成《な》り立ちを記《しる》しておこうかと思います。

周知《しゅうち》の通り、アニメ版《ばん》と小説版《しょうせつばん》の二つが存在《そんざい》する作品です。たまにその関係《かんけい》を聞かれることがあるのですが、両作品共《りょうさくひんとも》に本編《ほんぺん》であり、同じ超常現象《ちょうじょうげんしょう》を中心に展開《てんかい》する二つの物語、だったりします。

そして、これはあくまで私のイメージなのですが、ゲーム等のシリーズ物に近い関係なんじゃないかと思うのです。

魔法《まほう》や武器《ぶき》の名前は一緒《いっしょ》でも、主人公《しゅじんこう》は別の人。または子孫《しそん》だったり。

フィールドは同じでも何百年か経《た》っているため、地形が変わっていたり、別の呼《よ》ばれ方をしていたり。

〝伝説《でんせつ》の勇者《ゆうじゃ》（同一人物）〟が双方《そうほう》に登場《とうじょう》したり――しますよね？

ほぼRPGな例《たと》えになっていますが。

二つの『オリンシス』とは、おそらくそういった繋《つな》がりなんじゃないかと。

リンクしている箇所《かしょ》も多々ありますので、順番《じゅんばん》は問《と》わず、どちらにも触《ふ》れていただけると、より一層《いっそう》『オリンシス』の世界《せかい》をお伝《つた》え出来《でき》るのではないかと思います。

や～～～しかしホントに何でしょう。この【あとがき】というスペースを書かせていただけるまでに、紆余曲折七転八倒《うよきょくせつななころびやおき》その他――本当にいろいろなことがありました。

「毎月、連載用《れんさいよう》に小説《しょうせつ》を書く」といった作業《さぎょう》がとにかくもう不慣《ふな》れで（と、この場で言ってしまうのもアレですが……）。いままで自分が別のジャンルにて、僅《わず》かばかり経験《けいけん》してきた〝執《しっ》筆《ぴっ》作業の進め方（※独学《どくがく》）〟のようなものを、総《すべ》てチューニングし治《なお》させねばならず、それに気が付くまでに数ケ月かかってしまいました。

まさに自分も主人公《しゅじんこう》の『航一《こういち》』同様《どうよう》、「ここはどこなんだ？　この先に何があるんだ？」の繰《く》り返しで……。

最近はようやく〝どういった心積《づ》もりで、執筆作業に挑《いど》めばいいのか〟が、少しだけ見えてきたような（？）気もしますが。やっぱり模索中《もさくちゅう》なことに変わりはなく、日々《ひび》精進《しょうじん》せねばと、コンビニ行くときも、どこかで飲《の》んだくれフラフラになった帰り道も、湯船《ゆぶね》でボへーっとしているときも、生活のあらゆる場所で思っていたりします（旅先《たびさき》で海に浮かんでいるときも、やはり小説のことを考えていたような）。

今回、本著《ほんちょ》を書くにあたって、その機会《きかい》を与《あた》えてくださったイラスト担当《たんとう》の平井久司《ひらいひさし》さん。自分の泣き言《ごと》や不甲斐《ふがい》なさにつき合ってくれ、的確《てきかく》なアドバイスを送り続けてくれる担当編集《へんしゅう》者様《しゃ》。お二方《ふたかた》には、本当に言い尽《つ》くせない感謝《かんしゃ》と「いろいろ申《もう》し訳《わけ》ございません」の気持ちでいっぱいです。こんな文字書き担当ではありますが、これからも一緒《いっしょ》に小説版『銀色《ぎんいろ》のオリンシス』を作り上げていっていただけると嬉《うれ》しかったりします。

また毎月お世話《せわ》になっている校閲《こうえつ》さん、装丁《そうてい》のデザイナーさん。ダメダメな自分に叱咤《しった》激励《げきれい》の言葉《ことば》をくれる諸先輩方《しょせんぱいがた》、体調を気遣《きづか》ってくれる大好《だいす》きな友人。ここまで自分を育《そだ》ててくれた家族。

そしてこの本に興味《きょうみ》を抱《いだ》いてくれた読者様《どくしゃさま》。心より御礼《おれい》を申し上げます。

本当にどうもありがとうございました。

続巻にてまた御会い出来ると幸《さいわ》いです。

二〇〇六年一〇月　雨宮《あまみや》ひとみ

本書に対するご意見、ご感想をお寄せください。

■

あて先

〒101-8305 東京都千代田区神田駿河台1-8 東京YWCA会館
メディアワークス電撃文庫編集部
「雨宮ひとみ先生」係
「平井久司先生」係

■

電撃文庫

銀色《ぎんいろ》のオリンシス

雨宮《あまみや》ひとみ

発行　二〇〇六年十二月二十五日　初版発行

発行者　久木敏行

発行所　株式会社メディアワークス
〒一〇一-八三〇五　東京都千代田区神田駿河台一-八
東京YWCA会館
電話〇三-五二八一-五二〇七（編集）

発売元　株式会社角川書店
〒一〇二-八一七七　東京都千代田区富士見二-十三-三
電話〇三-三二三八-八六〇五（営業）

装丁者　荻窪裕司（META＋MANIERA）

印刷・製本　加藤製版印刷株式会社

落丁・乱丁本はお取り替えいたします。
定価はカバーに表示してあります。

Printed in Japan
ISBN4-8402-3647-X　C0193

電撃文庫創刊に際して

文庫は、我が国にとどまらず、世界の書籍の流れのなかで〝小さな巨人〟としての地位を築いてきた。古今東西の名著を、廉価で手に入りやすい形で提供してきたからこそ、人は文庫を自分の師として、また青春の想い出として、語りついできたのである。

その源を、文化的にはドイツのレクラム文庫に求めるにせよ、規模の上でイギリスのペンギンブックスに求めるにせよ、いま文庫は知識人の層の多様化に従って、ますますその意義を大きくしていると言ってよい。

文庫出版の意味するものは、激動の現代のみならず将来にわたって、大きくなることはあっても、小さくなることはないだろう。

「電撃文庫」は、そのように多様化した対象に応え、歴史に耐えうる作品を収録するのはもちろん、新しい世紀を迎えるにあたって、既成の枠をこえる新鮮で強烈なアイ・オープナーたりたい。

その特異さ故に、この存在は、かつて文庫がはじめて出版世界に登場したときと、同じ戸惑いを読書人に与えるかもしれない。

しかし、〈Changing Time, Changing Publishing〉時代は変わって、出版も変わる。時を重ねるなかで、精神の糧として、心の一隅を占めるものとして、次なる文化の担い手の若者たちに確かな評価を得られると信じて、ここに「電撃文庫」を出版する。

1993年6月10日
角川歴彦